D1755575

Regula Wenger
Leo war mein erster

if you're scared to die
you better not be scared to live

mark oliver everett, the eels

Regula Wenger

Leo war mein erster

Ein Roman

wald gut zoom

Zur Erinnerung an

Blanka
Elisabeth
Hannelore
Friedrich
&
Bummelchen

Originalausgabe
2. Auflage 2014

Alle Rechte vorbehalten
Copyright Waldgut Verlag und Autorin
2014 Frauenfeld

Gestaltung Atelier Bodoni Frauenfeld
Satz Inhalt Martin Stiefenhofer Nürnberg
Druck Inhalt, Schutzumschlag und Einband
Baldauf Druck Albstadt

ISBN 978-3-03740-267-2

Waldgut Verlag
Industriestraße 23
CH-8500 Frauenfeld
www.waldgut.ch

I

Hände

«Hast du deine Hände gewaschen?»

Isabelle fragt es immer, wenn wir uns sehen. Am Anfang hält sie sogar die Luft an. Bis sie sicher ist, dass nichts an mir nach Arbeit riecht.
Früher nahmen wir uns immer besonders lange in den Arm, wenn wir uns trafen. Das hat aufgehört, seit ich meinen neuen Job mache.
Isabelles Mann nennt mich *Pia Leichenkäfer.*

Ich bin Pia, und ich putze Wohnungen von Verstorbenen.

Leo

Leo war mein erster. Todesursache Herzversagen.

Ich sprach kaum mit ihm.

Er machte es mir einfach. Seine Wohnung sah aus, als sei er nur mal kurz aus dem Haus gegangen, um frische Milch zu kaufen. Die ganze Zeit erwartete ich, dass er zur Tür herein kommt und mich fragt, was ich hier mache.
Ich probte murmelnd eine Erklärung.
Er hätte gleich gemerkt, dass es mein erstes Mal war. Wie ich mit hängenden Schultern in seiner Küche stand und nicht wusste, wo anfangen. Obwohl ich ganz bewusst zuerst die Küche angepeilt hatte. Ich wagte kaum, mich umzuschauen, hielt mich fest an einer Rolle Müllsäcke.
Seine Schwester hatte mich beauftragt. Sie könne nicht selber

kommen, weil gehbehindert und in Hamburg, ich solle das übernehmen, ich, laut Webseite ja die Fachfrau.
Die Schwester. Die mich gebeten hatte, das einzige Ölbild abzuhängen und es ihr per UPS zu schicken.
Der Rest solle weg, sagte sie. Rechnung nach Hamburg. Punkt. Ich nickte am Telefon.

Ich stand in Leos Küche.
Ich gab ihm noch fünf Minuten.
Dann noch einmal fünf.
Er sollte nach Hause kommen, die Milch in den Kühlschrank stellen und mich aus der Wohnung jagen. Aber er ließ sich nicht blicken.
Ich holte schließlich tief Luft und begann mit meiner Arbeit.

Leo, du hattest doch Milch!

Leo:
1 halber Liter Milch
1 Glas Oliven
2 Glas Gurken
1 angefangene Margarine
1 Schinkenaufschnitt im Plastikmantel, grünlich
1 offene Dose Erbsen

Mantel

«In diesem schwarzen Sack siehst du aus, als würdest du zu einer Beerdigung gehen», sagt Isabelle.
«Ich würde gern an all die Beerdigungen gehen», antworte ich.
Isabelle seufzt laut. Sie sucht in ihrem Schrank eine Alternative zu meinem Schwarz und findet eine knapp geschnittene rot glänzende Jacke, in der ich auf dem Weg zum Café bibbere vor Kälte, dafür aber eine Taille habe. Isabelle kennt kein Erbarmen.

«Hier soll ich also unter den Mann gebracht werden», sage ich.
«Es heißt an den Mann», korrigiert Isabelle.
«Ach, ich weiß doch.»
Im Café schaue ich nicht in den Spiegel, sondern hinaus in den nebligen Novemberabend.

Edwin

Edwin war mein zweiter Auftrag. Verkehrsunfall.

Edwin sammelte Mädchen. Er kaufte in Thailand ein.
Die Ordner sind beschriftet mit ihren Namen. Joy, Malee, Maria, Ananda, Su, Phuong-Anh. Ordner voller Briefe, Kassenzettel und Fotos. Joy trägt einen ultrakurzen Mini, Maria hat einen Schleier um ihre schmale Hüfte gebunden. Ananda posiert im Badeanzug. Eine Person, die am Strand neben ihr steht, ist mit einer Schere weggeschnitten. Zwei Finger einer Hand sind noch zu sehen.
Auf dem Wohnzimmertisch Schachteln: Slips im Multipack Größe XS – und Schweizer Milchschokolade.
Auf dem Küchentisch liegt eine Fotografie, auf der Rückseite steht «Love, Phuong-Anh».
Ich ziehe mir Plastikhandschuhe über, schleppe Müllsack für Müllsack ins Erdgeschoss, werfe sie in die Mulde, hetze hinauf in die Wohnung, fülle die Säcke, wieder hinunter. Hinauf, hinunter, hinauf, hinunter.
Für die Räumung und das Putzen einer durchschnittlichen Zweizimmerwohnung brauche ich mindestens einen Tag. Edwins Wohnungstür schloss ich bereits nach drei Stunden hinter mir. Zuhause duschte ich lange.

Edwin:
12 Ordner
12 Mädchen

Übrig

Isabelle findet, dass ich übrig geblieben bin.

Isabelle hat zugesehen.
Wie Jonas ausbrach.
Wie sich Andreas ausklinkte.
Wie Demian, na ja. Demian. Als ich mich endlich an seinen Namen gewöhnt hatte, war unsere Beziehung auch schon zu Ende.
Ich bin übrig geblieben. Und Isabelle hat mich adoptiert.

Emma

Emma war letzte Woche. Todesursache mir unbekannt.

Die Vorhangstange ragte ins Wohnzimmer, auf dem nackten Betonboden klebten Reste von Teppichleim. Im staubigen Flur, der mit Fußspuren übersät war, lag ein geflochtener Kinderstuhl mit nur noch drei Beinen, und in einem Küchenregal stand eine Kartonschachtel Salz. Nichts weiter.

Emma, wurdest du so geliebt, dass nichts mehr von dir übrig geblieben ist?

Ich deponierte die Müllsäcke auf dem Fensterbrett neben einer Kastanie, die dort im Sonnenlicht glänzte.

Vielleicht lag es daran, dass mir nicht viel zu tun blieb hier. Vielleicht daran, dass ich diese Wohnung füllen wollte. Mit mir. Für Emma.

Ich putzte die Küche lange und gründlicher als verlangt.
Ich schrubbte die Spüle, bis sich Emma darin hätte spiegeln können.

Ich ölte das Holz der Ablagefläche. Zuletzt schob ich den Besenstiel unter die Küchenzeile, um damit auch noch den letzten Staub ans Tageslicht zu befördern.

Die Briefe waren unter der Küchenzeile versteckt.

Emma:
1 Packung Salz, leicht verkrustet an der Öffnung links oben
1 geflochtener, weiß lackierter Stuhl mit Lehne, drei Beine
1 Kastanie
Briefe, verpackt in einer Plastiktüte

Mein

Isabelle erbarmt sich meiner. Immer wieder. Sie will das Beste für mich, obwohl ich mit dem Zweitbesten längst zufrieden wäre, sie hat sich mich zu ihrem Hobby, zu ihrer Aufgabe gemacht und ist der netteste Mensch, mit dem ich regelmäßig spreche.

Nichts erzähle ich ihr von den Briefen.
Ich stecke sie in meine Umhängetasche, um sie immer bei mir zu haben.

Henry an Emma

Meine Emma, meine Wundersame   Barcelona, 2. Mai 1960

Ich kann Dich noch riechen. Du bist noch hier.
Obwohl Du schon zu Hause sein müsstest. Bist Du angekommen?
Ich weiß nicht mal, ob Dich mein Brief erreicht.
Emma, wie machst Du es, dass Dein Körper so unglaublich gut riecht? Dies wollte ich Dich noch fragen und so viel mehr.
Ich bin ganz im Taumel, weiß nicht, wohin mit meinen Gefühlen und meinen Händen. Seit Du nicht mehr da bist, fühlen sie sich

nutzlos. In Gedanken gleiten sie immer wieder über Deinen Hals, streifen sanft die Träger Deines Bustiers über Deine Schultern. Ach, der Duft Deiner Haare, Deine bronzene Haut. Immer wieder streife ich einen Träger, dann den anderen über Deine Schultern, und dann schaffe ich es nicht, weiter zu träumen.
Ich weiß nicht, warum. Ich kann Dich nicht träumen.
Komm zu mir, Emma, ich brauche Dich hier bei mir für diesen Traum und für alle Träume.

Dein Henry, halb ohnmächtig, selig

P.S.: Lache nicht, oh ja, ich habe es mir gemerkt, wie es heißt. Bustier. Ich lasse mir das Wort, ich lasse Dich auf der Zunge zergehen und lächle. Komm zu mir!

Egon

Egon. Todesursache: Aus dem Leben gesoffen.

Ein Stromkabel führt aus Egons Wohnungstür, am Rand der Stufen die Steintreppe hinauf. Ein Paar Einweghandschuhe aus Plastik liegen in der Fensternische im Treppenhaus.
In der Einzimmerwohnung befinden sich alte Zeitungen und Kleidungsstücke, ausgebreitet auf dem Boden.
Sanitäter lassen dort, wo sie im Einsatz sind, prinzipiell etwas liegen. Wer hat mir das erzählt? Ich versuche mich daran zu erinnern, als hinter mir eine Stimme an der Tür ertönt.
«Er hieß Egon. Und das Kabel hier gehört mir.»
Ich trete beiseite und lasse einen jungen Mann in einem löchrigen T-Shirt in die Wohnung. Wir schenken uns flüchtige Blicke. Er zieht den Stecker aus dem Kofferradio am Boden.
«Egon hat seine Stromrechnungen selten bezahlt. Ich habe nichts dafür verlangt. Natürlich nicht.»
Behutsam rollt er das Kabel zusammen. «Drei Tage hat Egon in

seinem Erbrochenen gelegen, bevor die Polizei die Wohnungstür aufbrechen musste.» Er sieht mich nicht an, während er spricht.
Als er fertig ist, blickt er zu Egons weißem Hemd, das an einem Bügel an der Vorhangstange hängt. Gleich wird er fragen, ob er es mitnehmen kann.
Doch er sagt nichts und geht, und ich bin erleichtert.

Egon:
33 leere Bierflaschen
1 Unterhose, verdreckt
1 Strickpullover
1 Schuh
42 Plastiktüten, leer
1 Hemd, weiß

Henry an Emma

Liebe Emma
Zuhause, 15. Mai 1960

Auch ich bin zurück. Zurück in der Realität.
Danke für Deinen Brief. Du klingst nicht wie Du. Zu kühl. Zu leise.
Hast Du Emma am Strand gelassen?
Du warst es doch in Barcelona. Du hast die Muschel am Strand aufgehoben, meine Hand genommen, die Finger meiner Faust geöffnet und die Muschel hineingelegt. Das durftest Du nicht tun, nicht gedankenlos. Jetzt halte ich Dich, Emma.
Gib uns die Zeit, die wir brauchen.
Sei gescheit, Emma, und traue Dich.
Liebe mich!

Dein Henry, der auf dich wartet

Theresa

Theresa. Krebs.

Haare. Und Nippes. Nippes, Krimskram, Schnickschnack, Schischi. Ich packe die Teile behutsam in den Müllsack. Überlege, ob ich abends nachschlagen soll, woher das Wort Nippes kommt. Nippesnippesnippes. Als ich den ersten Müllsack ins Treppenhaus stelle, steht die Nachbarin in ihrer Wohnungstür gegenüber und grüßt.
«Brustkrebs», sagt sie und schlägt dabei kurz die Augenlider nieder.
Schon steht sie vor Theresas Tür, erhascht einen Blick in die Wohnung, starrt auf die Haare. Sie liegen in den Ecken des Korridors, haben sich verbündet mit dem Staub, lange, schwarze Fäden. Theresas Haare.
Ich stelle mich zwischen die Nachbarin und Theresa. Über meine Schulter hinweg starrt die Frau weiter in die Wohnung. «Wussten Sie», sagt sie, ohne den Blick von den Haaren zu wenden, «wussten Sie, dass Brustkrebs in der westlichen Welt die häufigste …»
Ich schließe die Tür und stelle den Staubsauger an.

Theresa:
Puppen, Engel, Frösche, Seelöwen, Clowns
Holz, Porzellan, Plastik, Papier
Gegossen, gestrickt, gefaltet

Henry an Emma

Liebe Emma
Es ist Oktober und ich höre nichts von dir. Schreib mir, ich bitte dich.
Ich weiß nicht mehr ein noch aus. Schreib!!!
Dein Henry

Tristan

Tristan. Überdosis.

Bereits im Treppenhaus der stechende Geruch von Urin. Der Herr von der Gemeinde, Abteilung Soziales und Gesundheit, bleibt an der Wohnungstür stehen, während ich das kleine Fenster der Mansarde öffne und damit beginne, einen Müllsack zu füllen. 17 Liter. Er wird für Tristan reichen, locker.
«So Leute gibt's halt auch», sagt der Gemeindeangestellte, der von der Tür aus flüchtig herüber blickt.
Ich schaue ihn an. «Ja, es hat für erstaunlich unterschiedliche Menschen Platz auf dieser Erde.»
Als ich die große fleckige Matratze gegen die Wand bewege, zeigt der Angestellte entschuldigend auf sein Mobiltelefon. Zentimeter für Zentimeter schiebe ich die schwere Matratze durch das Zimmer, platziere sie unter dem Türrahmen. Dann bearbeite ich die unzähligen Farbflecken auf den Holzdielen mit Stahlwolle.

Tristan, du Pflaume, schon mal was von Abdecken gehört? Ist doch das A und O beim Streichen.

Alle Viertelstunden fragt der Mann, ob ich schon fertig sei. Alle Viertelstunden sage ich: «Gleich. Ich habs gleich.»

«Hören Sie, ich lasse Ihnen den Schlüssel da», sagt er.
«Ich hab nur noch zwei Minuten», sage ich. Immer wieder.

Das Wort Stoisch fällt mir ein und ich liebe plötzlich ein neues Wort. Stoisch. Was für eine Mundbewegung! Ich sage das Wort Stoisch vor mich her, lautlos, jedoch mit immer großzügigeren Mundbewegungen. *Sch-toooisch, sch-toi-sch.* Dabei schrubbe ich weiter, mindestens eine halbe Stunde.
«Sind Sie jetzt bald fertig?»

«Zwei Minuten.» Also noch eine halbe Stunde.

Als ich meine Putzsachen auf den Hausflur stelle, scheint die Sonne bereits flach auf den Holzboden, auf dem jeder einzelne Farbklecks noch bestens zu sehen ist. «Fertig», sage ich, gehe an ihm vorbei, ohne ihn anzublicken. Über meine Schulter hinweg rufe ich ihm zu: «Sie müssen nur noch abschließen.»
Ich bin auf dem Treppenabsatz angekommen, als ich seine entnervte Stimme höre: «Aber hier ist noch die Matratze unter der Tür. Was mache ich mit der Matratze? Warten Sie!»

Tristan:
Eine Matratze
Vier Bücher
Ein Plüschbär mit flachgedrücktem Hals

Henry an Emma

Liebe Emma   *In der Hölle, November 1960*

Warum antwortest du nicht? Schreib mir!
Denke keinen Moment mehr über Worte nach, schreib!
Schreib, dass ich Dich vergessen muss, aber schweige nicht einfach. So bist du nicht. Und so habe ich es nicht verdient.
Emma, gib mir ein Zeichen! Ich versuche es ja. Dich zu vergessen. Nein, das stimmt nicht, ich habe es noch gar nicht versucht. Ich schaffe das nicht, Emma.
Hat er also gewonnen?
Hilf mir, Emma, hilf mir wenigstens. Du hast doch ein Herz, hast Du? Hat es jemals mir gehört? Oder hat mich mein eigenes derart in die Irre geführt?

Dein Henry, am Ende

Suzette oder Fabian

Aufgequollene rote Lider, die Augenhöhlen tiefschwarz. Die Frau, die vor mir steht, hält sich am Türrahmen fest. Sie blickt durch mich hindurch.
«Ich bin Pia. Sie haben mich angerufen.»
Die Frau dreht sich um und geht vor mir durch den Flur. Ich folge ihr, verstehe nur mit Mühe ihre kraftlosen Worte. «Nehmen Sie alles mit», flüstert sie, zeigt mit einer kraftlosen Armbewegung in einen Raum. Auf den Tapeten Fabelwesen in Pastell, in der weißen Wiege ein kleiner Stoffhase, ein Büchlein aus Frotteestoff. Von der Decke baumeln zitternd Mond und Sterne an dünnen Baumwollfäden. Quer durch den Raum ist ein Transparent gespannt mit kleinen, glitzernden Glasherzen und dem Schriftzug *Willkommen, unser Liebstes!* Willkommen, unser Liebstes. Ich löse meine Augen von diesen Worten, reiße einen Müllsack von der Rolle, fasse mit einer Hand hinein, um ihn auszuweiten. Ich atme tief ein und packe den Stoffhasen an seiner Latzhose.
«Aufhören!», befiehlt eine Männerstimme hinter mir. Beinahe lasse ich den Müllsack und den Hasen fallen.
«Sie soll es mitnehmen», kreischt die Frau. «Sie soll alles mitnehmen.» Sie beginnt auf den Mann einzuschlagen, «Bitte nehmen Sie alles mit!», schreit sie mir zu, trifft mit ihren Schlägen seine Nase, Blut tropft auf sein weißes Hemd, «Mitnehmen! Weg damit!», wimmert sie.
Er beachtet das Blut nicht, versucht die Frau an ihren Handgelenken festzuhalten. «Wir haben es besprochen, Eva, bitte», sagt er mit ruhiger Stimme. «Wir bewahren die Sachen auf.»
Die Frau erschlafft, löst sich von dem Mann, lässt sich schwerfällig an der Wand hinunter gleiten. Jetzt sitzt sie auf dem Boden und starrt auf ihre Füße.

Ich verlasse die Wohnung und merke erst draußen, dass ich den Hasen noch in meiner feuchten Hand halte.

Henry an Emma

12. Dez.
Emma, Du hast nicht geschrieben.
Emma, ich hasse dich.
H.

Ohren

Isabelle liegt mir in den Ohren. «Ich sags heute mal direkt», sagt sie, «ein Mann muss her.»
«Reicht dir deiner nicht?», frage ich.
Doch Isabelle ist fest entschlossen, heute nichts lustig zu finden. Sie ist grämlich, dass ich mich nicht bemühe. Doch warum sollte ich. «Ich weiß, wie es endet», sage ich.
Jonas, Andreas, Demian.
Eigentlich weiß ich, wie alles endet. Etwa bei Emma. Mit einem Henry, der sich ein halbes Jahrhundert lang unter der Küchenzeile verstecken muss.

Ein Mann und eine Bar müssten her, sagt Isabelle unbeirrt. «Was suchen wir auch in einem Café einen Mann. Die hängen doch in Bars rum.»
«Und stehen da wie die aufgereihten Flaschen hinter der Theke», sage ich, gehe dann doch mit, und seither habe ich die Nummer von Tom.

Tom. Isabelle textet ihn zu. Schließlich wirft sie mir einen bedeutungsschweren Blick zu und bemüht ihren Satz von wegen Nase pudern. «Bin auf Klo» hätte sie gesagt, wären wir unter uns gewesen. Als sie sich zum Gehen wendet, verdreht Tom die Augen, lacht mich an und fragt, ob wir uns nicht von irgendwoher kennen. Ich antworte nie auf diese Frage, warte auch jetzt stattdessen, ob mir die zweite besser gefällt. Er schaut mich irritiert an, fragt mich schließlich, was ich arbeite. Als ich ihm antworte, bricht er in ein gurgelndes Lachen aus, mit dem er mich beinahe ansteckt.

Er schiebt mir seine Visitenkarte zu, auf der nur sein Vorname und seine Telefonnummer stehen.
Ich frage, ob er einen Auftrag für mich hat.
Nochmals sein gurgelndes Lachen, und ich spüre, wie ich nun doch rot anlaufe.

Leider müsse er jetzt los, weil zeitig aus den Federn morgen, sagt er. «Der frühe Vogel fängt den …», beginnt er.
«Ja, ja», unterbreche ich ihn. Wenn mir keine guten Wortspiele einfallen, bekomme ich schlechte Laune; betagte Sprichworte jedoch bereiten mir stechende Kopfschmerzen.

Das ist also Tom. Das wäre Tom. Zumindest seine Nummer.

Ob ich ihn verscheucht hätte, fragt Isabelle, als sie zurückkommt und sich nach ihm umsieht. «Weißt du eigentlich, wie ich mich für dich ins Zeug gelegt habe?»
«Ja, du bist echt eine Nummer für dich», sage ich.
«Oder er ist eine Nummer für dich?», fragt Isabelle.
Wir bestellen noch zwei Baileys und machen uns über Frauen lustig, die Baileys trinken.

Taxi

Als wir die Bar verlassen, sehe ich ihn.

Er stützt den Kopf auf die Hände, die Haare fallen auf seine Stirn, verdecken fast die traurigen Augen. Sein Blick ist auf den Boden des Glases gerichtet.
«Ich bleibe noch», sage ich zu Isabelle und zeige auf den Mann in der Ecke.

«Nicht schlecht», sagt sie. «Na also. Du kannst es ja, wenn du willst.»
Ich setze mich an seinen Tisch. Er blickt kurz auf. Wir sitzen da und wechseln kein Wort.
«Hey», sage ich schließlich, und er beginnt, mich anzusehen, starrt unverhohlen in meinen Ausschnitt, hebt die Hand, als wolle er gleich hinein fassen, lächelt entschuldigend.
«Lass uns gehen», sage ich und lege Kleingeld auf den Tisch. Ich helfe ihm in die Jacke und stütze ihn, und wir schwanken beide, als wir auf die Straße treten.
Im Taxi legt er seinen Kopf auf meine Schulter und seine Hand auf meinen Oberschenkel. Plötzlich spüre ich seinen Mund an meinem Hals, seine Zähne an meinem Nacken, seinen Mund, seine Zunge, seine Zähne, ich schließe die Augen.
«Das tut so gut», sagt er leise, «tut so gut.»
Ich sitze da und bewege mich nicht.
«Wir sind da», sage ich, mein Mund ist ganz trocken. Ich nehme seine Hand, die er unter meinen Rock geschoben hat, ziehe den großen traurigen Mann aus dem Wagen, staune, wie ich ihn bis zur Tür bringen kann.
Dann läute ich.
Ihre Lider sind noch immer rot und verquollen, als sie die Tür öffnet. Sie tritt zur Seite und er geht an ihr vorbei.
Ich bleibe stehen.
«Mein Mann und ich können uns noch nicht in die Augen schauen», sagt sie und hebt hilflos die Schultern.
Ich möchte gehen. Sie schaut in meine Augen und durch mich hindurch.
«Wir hatten schon Namen. Suzette. Wenn es ein Mädchen geworden wäre. Es hätte Suzette geheißen. Oder halt Fabian.»

Leichenkäfer

Heute Nacht habe ich von Leichenkäfern geträumt.
«Das war ja mal fällig», würde Isabelles Mann sagen. «Pia Leichenkäfer bringt Arbeit mit nach Hause, nein, sogar mit ins Bett.» Er würde beim Lachen einen seiner Hustenanfälle bekommen, Tränen würden ihm in die Augen schießen.
An den Leichenkäfern war eigentlich nichts lustig. Sie krabbelten auf mein Gesicht, über Hals, Brust, Bauch, sie krabbelten in die Öffnungen meines Körpers und legten ihre Eier ab. Sie piekten mich mit ihren Tausenden von Beinchen und Härchen und Fühlern, stießen sich gegenseitig wieder hinaus aus meinem Körper, drängten hinein, trampelten sich gegenseitig tot. Als ich aufwache, scheint der scharfe Geruch der Leichenkäfer noch im Raum zu hängen.
Mir wird plötzlich bewusst, dass ich, während ich geträumt habe, kein bisschen Ekel empfand. Ich habe mich wohl gefühlt, erschreckend wohl gefühlt dabei.
Ich beschließe, den ganzen Tag im Bett zu bleiben.
Isabelle ruft an, um mit mir auf die Piste zu gehen. Sie nennt es wirklich so. Ich mag ihr nicht erklären, warum ich nicht mitkommen will, erzähle ihr deshalb, dass ich meine Tage habe.
Isabelle gehört zu den Frauen, mit denen man nicht übers Menstruieren sprechen darf. Nur schon wenn sie das Wort hört, verzieht sie angeekelt ihr Gesicht. Erstaunlich, wie oft ich menstruieren kann, wenn es nötig ist.
Über die Tage darf man mit ihr nicht sprechen, mit der Frau, die, ohne mit der Wimper zu zucken, regelmäßig Zecken aus dem verfilzten Fell ihrer Katze zupft, Mäusedärme von ihrer Fußmatte angelt und entspannt und ausführlich die Bandwürmer im Erbrochenen ihrer Hunde bestimmen kann.
Isabelle fragt nicht weiter, meint nur, dass ich vielleicht mal Ferien machen solle, und ich höre ihren Mann ihr zurufen, dass ich doch auf die Putzfraueninsel fahren könne.

Bevor ich sein Lachen höre, lege ich auf.

Vielleicht sollte ich meinen Beruf wechseln, denke ich.
Vielleicht sollte ich mir jemanden suchen, der mir nachts die Leichenkäfer vom Körper pickt.
Vielleicht sollte ich ein Inserat aufgeben, mit genau diesem Wortlaut.

Genug

Ich gehe nicht arbeiten. Verschiebe einen Auftrag und bleibe noch einen Tag im Bett.
Ich lese die Briefe.
Henry an Emma. Henry an Emma. Henry an Emma.

Hase

Ich habe den kleinen Stoffhasen mit den Latzhosen zu mir ins Bett geholt, als die Leichenkäfer kamen.

Der Hase von Suzette.
Der Hase von Fabian.

Heute bringe ich den Hasen zurück.

Ich stehe vor dem Wohnblock, in dem die Familie lebt, die keine geworden ist.
Als ich vor den Briefkästen die Namen studiere, kommt er zur Tür heraus. Der große traurige Mann.
Ich drehe mich zur Seite, jedoch zu zögerlich, er sieht mich, lächelt, sagt: «Danke fürs Nachhausebringen.»
Ich spüre, dass ich rote Wangen bekomme. Und ich winke ab, was «Schongut» heißen soll.
«Ich bin nicht so betrunken gewesen, wie du vielleicht denkst», sagt er.

«Doch, ich glaube schon», sage ich.
Er lächelt.
«Vielleicht können wir einmal ...», beginnt er.
«Eher nicht», sage ich und blicke zu den Fenstern hoch.
«Sie ist nicht zu Hause», sagt er.
Im Boden versinken. Hat nie geklappt. Versuche verzweifelt, seinen Augen, seinem Blick, dem Augenblick aus dem Weg zu gehen.
«Ich will nur festhalten», sagt er, «dass mein Eindruck von dir ...»
Er schaut mich hilflos an, doch ich sage nichts.
«Es ist deine Ambivalenz», sagt er, «ja, deine Ambivalenz. Ich habe sie durchaus wahrgenommen.»
«Ich muss los», sage ich.
«Ich bin Oliver», sagt er.

Als ich zu Hause bin, rufe ich Tom an.
Tom kommt noch am selben Abend.
Und Tom bleibt.

Matratze

«Wer?»
«Hofmann», wiederholt der Mann am Telefon. Wir hätten uns letzte Woche bei einem Auftrag kennengelernt. «Sie haben mich mit der Matratze allein gelassen.»
Ich lächle.
Ob noch etwas wäre, frage ich zögernd, doch er schweigt.
Schließlich höre ich, wie er Luft holt. Er wolle nur erwähnen, dass er es übrigens schon gemerkt habe. Dass der Holzboden am Ende des Tages noch voller Farbkleckse gewesen sei. Dass ich mir ja nicht wirklich Mühe gegeben und dafür auch noch üppig viel Zeit genommen habe.
Ich sei pauschal und nicht nach Stunden bezahlt worden, entgegne ich ihm.

Er schweigt eine Weile. Es ginge ihm nicht darum, sagt er. «Ich möchte nur sagen, dass ich verstanden habe. Ich meine, Ihren Wink mit der Matratze.»
«Schön», sage ich, bin gerade am Überlegen, ob er doch nicht so übel ist, als er fragt, wann wir zwei Hübschen es denn hinter uns bringen wollen.

Einfach

Ich rufe Isabelle an, erzähle ihr von Hofmann.
«Männer.» Sie spuckt das Wort mit der Verachtung aus, die ich hören wollte.
Dann erzähle ich ihr von Tom.
«Warum nicht gleich das Spannende», sagt Isabelle. Sie weiß schon nicht mehr, wer Hofmann ist.
Aufgewühlt ist sie. Tom, der Tom, den sie seit Jahren aus der Ferne anhimmelt, würde mich, ihre Freundin, am Samstag zu einem Date abholen. Ich sage ihr, dass ich mich ja, falls ich am Samstag noch Lust dazu hätte, in Tom verlieben könne.
«Es gibt wohl», sagt Isabelle, «nichts Einfacheres als sich in einen Mann wie Tom zu verlieben.»

Eine Möglichkeit

«Bowlen?»
«Bowlen.»
Ich starre ihn an. Ich war auf ein exotisches Abendessen gefasst, auf einen schlechten Kinofilm, auf die Frage, ob danach zu mir oder zu ihm. Aber Bowling?
«Und du willst wirklich bowlen gehen?»
Er zahlt die Miete für meine Schuhe, hält die Kugel, als ich Mittel-, Ringfinger und Daumen in die Öffnungen schiebe und verzieht keine Miene, als meine erste Kugel adagio rechts an allen Pins vorbeirollt.

Ich frage ihn, in welchem Blog er gelesen habe, dass man beim ersten Date bowlen gehen sollte.
Er fragt: «Date? Haben wir ein Date?»
Und ich werde, verdammt, natürlich werde ich wieder rot.
Tom lässt mich kein einziges Spiel gewinnen, sagt Stunden später, dass ich sicher mal eine Revanche haben wolle, und ich glaube, er grinst dabei. Danach essen wir äthiopisch.
Also doch noch exotisch.
Das Date ist angenehm. Ja, angenehm. Nicht uninteressant. Erstaunlich. Manchmal sogar lustig.
Und wenn ich Tom nicht zuhöre, betrachte ich seine perfekt geschnittene Nase. Wie viele Menschen haben denn schon eine perfekte Nase.
Ich bin überrascht, sage jedoch zu, als er mich für übernächsten Sonntag einlädt.
«Zum Bowling?»
«Nein.»
Ich denke, man verschenkt sein Herz nicht an einen erwachsenen Menschen, der nur den Vornamen und die Telefonnummer auf seine Visitenkarte schreibt.
Trotzdem. Ich nenne ihn eine Möglichkeit.
Tom, die Möglichkeit.

Pedro

Pedro. Lungenkrebs.

«Komm, Spärgelchen, komm her!» Über ihre gespitzten, rot geschminkten Lippen dringt ein schnalzendes Geräusch.
Spärgelchen kommt nicht.
Frauchen hat Pedro ein Zimmer in ihrem Haus vermietet. Hatte.
«Ich habs immer gewusst», sagt die Frau jetzt und schaut mich triumphierend an.

Ich wische gerade die Innenfläche der dünnen Schranktür mit einem Lappen ab.
«Ich wusste, dass er einmal Lungenkrebs bekommt», sagt sie.
Ich kniee mich hin, wische den Schrankboden aus, während Spärgelchen seine feuchte Schnauze an meine Wange drückt und Frauchen dabei verzückt lächelt.
Ob ich den Schrank abbauen solle, frage ich, «und könnten Sie Spärgelchen vielleicht …?»
«Bollo», unterbricht sie mich.
«Bitte?»
«Er heißt Bollo. Ich nenne ihn nur ab und zu Spärgelchen.»
«Könnten Sie das Tier bitte wegnehmen?»
Der dickliche Hund springt übermütig in den Schrank, wieder hinaus und wieder hinein.
«Ich kann ihn auf der Stelle in seine Einzelteile zerlegen», sage ich. Frauchen schaut irritiert. «Ach so, den Schrank meinen Sie. Aber nein, das ist doch keine Arbeit für eine Frau. Bollo, hierher, hier! Wissen Sie, er stand immer vorne am Gartentor und hat dort geraucht. Pedro, meine ich. Bei Wind und Wetter. Ich wusste, dass er mal an einer Lungenentzündung sterben würde.»
«Lungenkrebs.»
«Sag ich doch.»

Pedro:
1 angefangene Zigarettenpackung
1 Stange Zigaretten, ungeöffnet
1 Prämienkatalog, versehen mit Eselsohren

Die Pforte

Als wir in die Einfahrt einbiegen, blicke ich an einer steinernen Hausfassade hoch, beim Aussteigen hinunter auf die Dächer und den Fluss. Mitten in der Stadt schlägt dieser eine neue Richtung ein.

Tom nimmt meine Hand, er nimmt tatsächlich meine Hand und zieht mich zu einer kolossalen Steintreppe. Ich lasse mich nach oben führen, trete auf die Mosaiksteinchen, als wäre Watte unter meinen Füßen. Wir stehen da, und er blickt auf die riesige Tür. Ob man sie nicht schon Pforte oder Tor nennen kann, frage ich mich, um mich abzulenken. Das Tor zur Hölle? möchte ich fragen, betrachte Toms Profil, doch es ist eher das eines Engels.
Schöne Menschen müsste man hassen, weil sie es so einfach haben, versuche ich eilig irgendetwas zu denken, damit ich nicht meine Hand ausstrecke und beginne, sein Gesicht zu streicheln. Was wars denn, was Nietzsche über schöne Menschen sagte?

«Pia», sagt er, beugt sich plötzlich über mich und küsst mich auf den Mund.
«Pia», sagt er, «darf ich dich um etwas bitten?»
«Pia, erzähle bitte nicht, was du beruflich machst.»

In meinem Magen spüre ich einen eisenharten Klumpen.
Du kannst mich mal, denke ich.

Urologin

Tom schiebt mich in die große Halle, nimmt meine Jacke, hält sie einer älteren Frau hin, während sein Blick schon zur Stehparty ins Wohnzimmer schweift. Vater, Mutter, ein Onkel Ferdinand, zwei Tanten, Freunde der Familie – so hat er mich, noch im Auto, mit Stichworten versehen.
Mit großen Schritten durchquert Tom den Raum, lässt mich neben Onkel Ferdinand stehen, der sich so nahe neben mich stellt, dass ich einen Schritt zurückweichen muss.
«Lernt man Sie nun endlich kennen», sagt der Onkel.
«Ich kenne Tom seit gestern», sage ich.
«Was machen Sie denn, wenn Sie sich nicht mit meinem Neffen amüsieren?», fragt der Onkel.

«Ach, ich amüsiere mich nicht wirklich mit Ihrem Neffen», sage ich und beginne zu gähnen.
Tom blickt kurz auf, den Arm hat er um die Hüfte seiner Mutter gelegt, die versunken ist in den Anblick ihres Sohnes, und ich frage mich, ob ich den gleichen Gesichtsausdruck hatte, als ich eben noch sein Profil betrachtete.
«Ich bin Ärztin», sage ich laut, neige meinen Kopf dabei bescheiden zur Seite. Tom sehe ich aus den Augenwinkeln, wie er erschrocken zu mir hinüber blickt. Dann lächelt er, hebt sein Glas, ich hebe meines, lächle zurück.
«Darf man wissen auf welchem Gebiet?», fragt seine Mama, die ihren Sohn für einen Moment aus den Augen lässt und interessiert zu uns herüber blickt.
«Urologin», sage ich und frage sofort, ob es nicht außerordentlich stupende sei, was sich die Herren heutzutage trotz aller Aufklärungskampagnen immer noch einzufangen schafften. «Aber Sie», sage ich zum Onkel, «so wie ich Sie einschätze, sorgen Sie doch bestimmt vor, nicht wahr?»
Onkel Ferdinand verschluckt sich und hustet.
«Kein Grund, sich dafür zu schämen», sage ich und klopfe ihm auf den Rücken. «Stellen Sie sich vor, Tom habe ich auch in meiner Praxis kennengelernt. Noch ein paar Tage Penicillin, und Ihr Sohn ist über den Berg.» Ich lächle Toms Mutter an und hebe mein Glas. «Auf Tom», sage ich. «Auf seine Gesundheit!»
Als ich mich zum Gehen wende, sehe ich Toms verstörten Blick. Auf einmal kann ich es nicht fassen, was ich gerade getan habe. Ich liebe meinen Totenjob und verscheuche deshalb die Lebenden. Erhobenen Hauptes verlasse ich das Haus, innerlich ohrfeige ich mich.

Isabelle

«Na, wie geht's dem hübschen Tom?», fragt Isabelle, als sie sich an meinen Küchentisch setzt.
«Also gestern gings ihm nicht so gut», antworte ich.
Isabelle schaut mich mit ihrem mitleidigen Blick an. «Ich werde ihn nicht mehr sehen, nicht wahr?»
Als Trost reiche ich ihr ein Stück Quarktorte. «Nein», beruhige ich sie vorbeugend, als sie ihr Gesicht verzieht, «es hat keine Rosinen drin. Ich kenne doch meine Isabelle.»

Ich kenne Isabelle überhaupt nicht.
Sie ist fürsorglich und frivol, anhänglich und feminin, penetrant stilbewusst, unbelehrbar, einfühlsam und leicht psychotisch.
Kenne ich sie, wenn ich sie beschreiben kann?

Nekrophil

Tom ruft an.
Was eigentlich in mich gefahren sei, fragt er und schnaubt in den Hörer.

Ich ärgere mich, dass ich es ihm erklären muss.
Ich sei doch nekrophil, sagt er.
Ich lege auf.

Tom ruft an.
Ich solle niemals, niemals solle ich ihm wieder den Hörer auflegen.
Ich lege auf.

Tom ruft an.
Ich zögere, bevor ich seinen Anruf entgegennehme.
Dann schweigen wir uns an.

Falsch verstanden hätte ich es, sagt er. Er würde sich nicht schämen wegen meiner Toten, aber mit seiner Familie sei das alles nicht so einfach. Ich hätte ihnen allen den Sonntag verdorben.
«Danke», sage ich, «mein Sonntag war auch nicht der freudestrahlendste.»
Ich lege nicht gleich auf.

Basil

Basil. Hirnblutung.

«Zu früh, Sie sind zu früh!»
Das ist eine lästige Angewohnheit des Todes, denke ich.
Die Frau, die mir die Tür öffnet, hat einen unglücklichen Ausdruck im Gesicht und einen Notizblock in der Hand. Die Beerdigung sei morgen. Ob sie mir das nicht gesagt habe. Heute passe es ihr überhaupt nicht, vielleicht nächste Woche. Sie habe keine Ahnung, wie viele Personen kommen würden, Kaffee? Ob ich einen Kaffee wolle? Was man denn so esse bei einem Leichenschmaus und was sie denn mit all seinen Geweihen machen solle, er sei verrückt nach Geweihen gewesen, all die Rehböcklein, nicht selber gejagt, nein, sein dummes Knie, im Sessel, dort drüben sei er immer nur, ein Sammler halt, ob es Schnitzel täten oder diese kleinen Dinger, Canapés würden die ja heißen, ob ich das wisse, neumodisch, nicht, meint sie, oder bereits wieder altmodisch? Vielleicht doch nur Kuchen, aber sie wolle auf keinen Fall geizig wirken, wer wohl alles komme, das könne sie ja nicht wissen, und ob nicht alle vorher sowieso zu Hause essen, man gehe ja nicht mit leerem Magen an eine Beerdigung, oder? Und der Bestatter sei ja ein netter, aber die müssten ja nett sein, obwohl die ja eh immer Arbeit hätten, ich solle mir das vorstellen, Basil sei nicht mal gläubig gewesen und morgen diese Sache in der Kirche. Vielleicht Pasteten oder Schüfeli. Oder ob Schüfeli für eine Beerdigung eher unpassend seien?

Erstaunlich, wie viel Leben aufkommt, wenn der Tod anklopft.

Basil:
42 Tiergeweihe
1 Ehefrau

Pia

Ich bin Pia, und ich putze Wohnungen von Verstorbenen.
Ich kenne mehr Tote als Lebende.
Ich weine nicht bei der Arbeit, ich staune.

II

Alice

Ich zögere. Vielleicht ein altes Schulhaus. Ein Herrenhaus? Zollgebäude? Abgerundete Fenster, Erker, spitzer Giebel. Zu schön für ein Schulgebäude, zu groß für ein Privathaus, denke ich. Ich stehe vor dem einzigen Türschild und klingle.

Abadre, A.

Der elektrische Öffner ist kaum zu hören, ich stoße die Tür gerade noch rechtzeitig auf, stehe in einem abgedunkelten Entrée, die Fensterläden sind geschlossen.

«Ich bin oben.»
Die Stimme knarrt wie das Holz der großzügigen Wendeltreppe, auf der ich in den ersten Stock steige.
Die Frau hat weiße, kurz geschnittene Haare. Mit gebeugtem Haupt schreibt sie einen Brief, blickt nicht auf, als ich eintrete.
Mehrere Schichten Teppiche auf dem dunklen Eichenholz, die Fensterläden, auch hier geschlossen, eine Stehlampe mit bronzenem Unterbau und grünlich schimmerndem Glas, neben mir eine Tapetenwand. Sie zeigt sauertöpfische, zierliche Elefanten, die auf fröhlichen, dicken Menschen reiten.
«Und? Was halten Sie von diesem Haus?», fragt sie, und ich fühle mich ertappt.
«Es tut als wäre es Heimat», sage ich und weiß nicht, warum ich das sage.
Sie runzelt die Stirn. «Geht es auch weniger poetisch?»
«Sicher. Aber wenn ich heute dieses Haus putzen soll, dann würde ich lieber sofort beginnen und hier nicht zu viel Zeit mit Rumstehen und Reden verlieren.»

Die Frau schiebt den Brief beiseite und lächelt.
«Wenn Sie dieses Haus tatsächlich an einem Tag putzen können, tanze ich auf einem Bein die feurige Polka der sieben Kriegswitwen.»

Ich weiß es damals noch nicht, aber Alice ist wie ihr Haus. Alice ist das Haus.
Groß und kuschelig
Finster und lichtdurchflutet
Alt und erfrischend

Was zum Teufel ist die Polka der sieben Kriegswitwen?

*

«Abadre, Alice Abadre», sagt sie.
Ihren Vornamen spricht sie englisch, ihren Nachnamen französisch aus.
«Pia», sage ich.

Ich solle mich setzen. Auf das blaue Sofa. Sie beugt sich wieder über den Brief und schreibt weiter.
Zeile für Zeile füllt sie gemächlich mit ihrer runden Schrift.
Ich überlege, ob ich mich räuspern soll, schließe stattdessen die Augen.
Bis es in meinem Rucksack vibriert.

*Hallo Pia. Hast du
dich beruhigt?
Tom*

*Hat sich deine
Familie beruhigt?
Pia*

Es ist Freitag. Viele Menschen haben Angst vor einsamen Wochenenden. Auch Tom.

*

Alice räuspert sich.
Ich beiße auf meine Lippen und verstaue mein Mobiltelefon wieder im Rucksack.
«Sie werden pro Stunde bezahlt?», fragt sie.
«Wenn Sie wollen auch pauschal. Ich bin flexibel.»
«Ich bin nicht mehr sehr flexibel», sagt sie.
Sie nimmt das Blatt Papier auf und wedelt damit in der Luft.
«Das ist nicht nötig», sage ich.
Sie schaut mich fragend an.
«Keine Tinte. Sie müssen das nicht trocknen lassen.»
Sie schaut mich mit einem winterlichen Blick an – und wedelt weiter.
«Warum putzen Sie ausgerechnet Wohnungen von Verstorbenen?»
«Es ist ein Job wie jeder andere.»
«Unsinn», sagt Alice.

*

«Wissen Sie überhaupt, wie groß dieses Haus ist?», fragt Alice.
«Nein, ich weiß nicht, wie groß dieses Haus ist», sage ich. Aus Prinzip antworte ich immer auf rhetorische Fragen.
«Ohne den doppelstöckigen Dachstock», sagt Alice, «verfügt das Haus über 600 Quadratmeter. Es hat 23 Fenster vorne, sechs davon mit Rundbögen, 23 Fenster hinten, ebenfalls einige mit Rundbögen, sieben Fenster auf der einen Seite, sieben auf der anderen, je eines mit Rundbögen, vorne einen aus dem Schrägdach herausragenden Giebel mit Bullauge, vier Schornsteine, zwei Erker.»

Sie blickt auf die geschlossenen Fensterläden. «Dazu gehört die Wiese hinter dem Haus. Sie ist zehn Mal so groß wie die Grundfläche dieses Hauses. Das heißt, nein, nicht mehr ganz. Der Wald frisst in den letzten Jahren das Gras, bis er irgendwann die ganze Wiese verschlungen hat. Und danach holt er sich das Haus.»
Ich sehe den Wald vor mir. Wie er die jungen Sträucher als Vorhut über die Wiesen schickt. Wie dünne Ästchen an den Fensterläden kitzeln, sich durch die Spalten schlängeln, immer mehr und immer dicker werden und bald Holz und Fensterglas zum Bersten bringen. Wie Würzelchen und Wurzeln durch den Kellerabgang hinunter wachsen, sich unter das Fundament schieben, bis das Haus nach und nach in Schieflage gerät, die Türen aus den Angeln gehoben werden, der Mörtel in immer größeren Brocken auf den Vorplatz hinunter kracht.
«Und zu Füßen des Hauses», unterbricht Alice meine Gedanken, steht abrupt auf, geht zum Fenster und öffnet mit einem Ruck den Fensterladen, «zu Füßen des Hauses, Pia, liegt der Friedhof.»
Ich überlege kurz, ob ich an dieser Stelle klatschen sollte.
«Hier», sagt sie nach einer Weile und streckt mir ein Couvert entgegen. Das reiche für den ersten Tag. «Gehen Sie jetzt.»

Tom

Tom schreibt. Ich antworte nicht.
Ich möchte wissen, wie es Oliver geht, dem großen traurigen Mann.

Alice

Alice ruft an. Ich fahre hin.

Als ich die Treppe hinaufsteige, ertappe ich mich beim Versuch, durch eine Lücke im geschlossenen Fensterladen einen Blick auf die Wiese hinter dem Haus zu erhaschen. Die kraftvolle Ungeduld des Waldes. Ich habe Lust, mir einzubilden, sie zu spüren.

Alice sitzt zusammengesunken im Sessel hinter dem Schreibtisch. Warum ich Wohnungen von Verstorbenen putze, faucht sie mir entgegen.
Ich antworte nicht.
«Sie suchen nach Geheimnissen, nicht wahr? Sie zerren die Geheimnisse dieser armen Verstorbenen ans Tageslicht. Oder lieben Sie den Geruch des Todes etwa? Eine elende Schnüfflerin sind Sie. Man sieht es Ihnen an.»
«Kein guter Tag heute?», frage ich.
Doch Alice antwortet nicht auf rhetorische Fragen.
Ich solle dieses Haus auf der Stelle verlassen.

Alice

Alice ruft an.

Meine Putzsachen habe ich im Auto gelassen. Alice steht mit dem Rücken zum Fenster und scheint meine Nase zu fixieren. Sie brauche meine Hilfe. Und dazu müsse sie zuerst wissen, ob ich die richtige Person dafür sei. Beim letzten Mal, setzt sie an, sei es ihr nicht so … Sie bricht ab. «Ich entschuldige mich aus Prinzip nie.»
Ob ich an den Geheimnissen der Verstorbenen interessiert sei, fragt sie, dieses Mal ruhig und mit fester Stimme.
Ich denke an die Briefe in meiner Tasche.
«Nein», sage ich. Ein kaum wahrnehmbares Zittern in meiner Stimme.

*

Die Frau, die mich einlädt, beschimpft, aus dem Haus wirft, mich wieder herbestellt, diese Frau, die mir nichts erklärt und mich fürs Nichtstun bezahlt, sie liest gerade die Briefe von Henry. Henry an Emma, Henry an Emma. Briefe, die ich seit Wochen wie Reliquien in meiner Tasche trage und die ich nicht einmal Isabelle zeige.

Ich weiß nicht, warum.

«Was haben Sie damit vor?», fragt Alice schließlich.
Ich zucke mit den Schultern.
«Diese Emma, die hat ins Gras gebissen?»
Sie solle mir die Briefe sofort zurückgeben, sage ich.
«Schon gut», sagt Alice, hebt die Hand zu einer beschwichtigenden Geste.
Warum ich die Briefe noch habe, fragt sie. «Emma gibts nicht mehr, diesen Henry wohl ebenso nicht. Und diese Liebe ist seit über einem halben Jahrhundert kalt wie Hühnerbrühe von vorgestern.»
Ich nehme ihr die Briefe aus der Hand und verlasse das Haus.

Henry

Henry.
Er konnte Emma noch riechen, obwohl sie längst nicht mehr in seinen Armen lag.
Henry konnte Emma fühlen, sie sich auf der Zunge zergehen lassen.
Henry konnte träumen und hoffen, bitten und betteln.
Was er nicht konnte: Emma vergessen.

Isabelle

«Ja, so etwas wie Ferien», sage ich.
«Ja, aber wohin denn?», fragt Isabelle.
«Irgendwohin wird es mich schon verschlagen.»
Isabelle schweigt.
«Dann halt», sagt sie schließlich und legt auf.

Bahnhof

Andere Städte, andere Sitten. Während ich auf dem Bahnhofplatz in meiner Stadt andauernd um Geld angebettelt werde, stellt sich hier ein Mann mit löchrigem Wollpullover vor mich und starrt mich an. «Du gibst ja eh nichts», sagt er, spuckt vor mir auf den Boden und geht weiter.
Ich blicke auf den ausgedruckten Plan, steige in den Bus, verlasse ihn eine Station zu früh und gehe die breite Straße den Hügel hinauf, an den Gebäuden der Hochschule auf der einen Seite vorbei. Die Anwesen auf der anderen Seite stehen Schulter an Schulter, versperren erfolgreich den Blick auf den See. Ich habe schließlich nichts für die Aussicht bezahlt.
Vor einem Mietshaus bleibe ich stehen, nehme den Umschlag aus der Tasche. Die Adresse stimmt. Just als ich klingeln will, öffnet sich die Haustür, und ein alter Mann im braunen Mantel schlurft laut schnaufend an mir vorbei, steigt die wenigen Stufen zur Straße hinauf. Die Tür in der Hand, blicke ich ihm nach und trete ein.
Im obersten Stock keuche auch ich.
H. Munchenberger steht auf dem Schild. Ich klingle. Nichts.

Es ist nicht abgeschlossen.

Henry

Ich sehe ihn von hinten im Bürosessel. Dichtes, dunkles Haar. Er dreht sich um, ich erschrecke, blicke in die alten Augen eines jungen Mannes.
«Sind Sie?», frage ich.
«Sein Sohn.»
«War er das gerade? Ich meine, ich bin unten einem älteren Mann …»
«Nein, Henry kommt nicht mehr hierher. Nie mehr.»
Jetzt erst sehe ich den Müllsack neben dem Schreibtisch, und mein

Magen krampft sich zusammen. Zu spät. Keine Fragen. Keine Antworten.

Henrys Sohn wirft einen kurzen Blick auf ein Papier, lässt es in den Müllsack gleiten.

«Unglaublich, wer alles Geld von ihm wollte», sagt er. «Und noch unglaublicher, wen er unterstützt hat. Wenn der hinterletzte Kaninchenzüchterverein ein loses Gitterchen reparieren musste, mein Vater hat bestimmt ein Nötchen ins Couvert gesteckt. Bei einem Arzt kann man halt einiges abholen.»

Das heisere Lachen von Henrys Sohn verbündet sich mit dem Kreischen der Straßenbahn.

Ein weiteres Papier gleitet lautlos in den Müll, begleitet vom Seufzen des Sohnes.

Ein Papier. Ein Seufzer.

Ein Papier. Ein Seufzer.

Dazwischen heftiges Kopfschütteln.

Ein Papier. Ein Seufzer.

«Hat wohl gehofft, dass ihm mal jemand ein Denkmal dafür setzt.»

Wieder lacht er auf und wieder verschwindet, unter Kopfschütteln, ein Papier, ein Seufzer, als er plötzlich aufsieht und mich mustert.

«Und Sie? Wollen wahrscheinlich auch profitieren. Los, nehmen Sie mit, was Sie tragen können.»

Ich schüttle den Kopf.

«Ja, schon klar. Sie wollen lieber Geld. Da muss ich Sie enttäuschen. Es gibt heute nichts. Aber warten Sies ab, vielleicht hat er Sie in seinem Testament erwähnt.»

«Ich stehe ganz sicher nicht in seinem Testament», sage ich ruhig, und Henrys Sohn schenkt mir ein verzerrtes mitleidiges Lächeln.

«Haben Sie ihn etwa auch verärgert? Wie sein Sohn?«

Er wirft einen ganzen Stapel Papiere mit Wucht in den Müll, holt ihn sogleich wieder heraus. «Verdammt, am liebsten würde ich die Bude einfach abfackeln. Das wäre das Beste für alle.»

«Warum so verbittert?», frage ich.

Er steht auf, sein Kopf läuft flammend rot an. Als er auf mich zu-

kommt, trete ich einen Schritt zurück und er baut sich dicht vor mir auf und starrt mich an.
«Dass er ein guter Arzt war, heißt nicht, dass er auch ein guter Vater war.»

Er brauche jetzt einen Kaffee, sagt er. «Sie wissen gar nicht, wie das ist, wenn man die Wohnung eines fremden Menschen aufräumen muss.»

*

Wir sitzen in der Küche. Ich blicke auf die verschneiten Hügelspitzen und den See und stelle mir vor, wie kalt es in seinen Tiefen sein muss, während Henrys Sohn Zucker in seiner schwarzen, heißen Brühe versenkt.
«Er war immerhin Ihr Vater», beginne ich vorsichtig.
«Ich habe ihn nicht gekannt.» Er weicht meinem Blick aus. «Und Sie? Was wollten Sie von Henry?»
Ich zögere einen Moment. «Ich habe jemanden fast kennengelernt, der Henry gekannt hat.»
«Und jetzt haben Sie Henry fast kennengelernt.» Er sagt es mit einem spöttischen Unterton.
Ich schweige.
«Ich bin Paul, übrigens.»
Paul steht auf, fischt im Gehen einen schwarzen Mantel von der Garderobe und ruft mir über die Schulter zu: «Na los, gehen wir Henry einen Besuch abstatten.»

*

Ich kenne nur einen großen Friedhof. Er liegt am Rande meiner Heimatstadt. Nachts gehört der Ort den Füchsen und Igeln, tagsüber holen sich die Menschen Kraft bei den Toten. Die Lebenden blicken auf die Biegung des Flusses, wenn sie zu den Ihren zum

Friedhof fahren. An einsamen Sonntagen verspüre ich Lust, mich auf die moosbedeckten Gräber zu legen und mich an der Sonne zu wärmen.

Mich hinlegen. Mich ausruhen. Was ist der Tod anderes?

Tom fällt mir ein. Nekrophil hat er mich geschimpft. Ich freue mich kurz für ihn, dass er so ein Wort überhaupt kennt. Ich sehe Toms Engelsgesicht vor mir, während ich versuche, Schritt zu halten mit Paul, der die Treppenstufen hinunter eilt, als wäre der Teufel hinter ihm her.
Nach einigen Minuten quer durch die Stadt bin ich gar nicht mehr sicher, ob er noch weiß, dass ich hinter ihm her eile.
Fast renne ich in ihn hinein, als er abrupt stehenbleibt.
Vor einem Haus.

*

Manchmal versteht man nur sehr langsam. Die Zeit scheint einen Moment stillzustehen, damit man besser nachdenken kann. Doch die Gedanken bleiben ebenso stehen.
Paul geht an der Frau im Glashäuschen vorbei, die kurz aufschaut und sich wieder in ihre Zeitschrift vertieft. Am Lift bleibt er stehen und ich stelle mich unsicher neben ihn.
In der vierten Etage verlassen wir den Aufzug, gehen den langen Flur entlang und bleiben eine Weile vor Zimmer 422 stehen.
«Ich komme nicht mit», sagt Paul plötzlich.
Erschrocken blicke ich ihn an.
Er klopft an die Tür, dreht sich weg und geht langsam den Flur hinunter.

*

Aus dem Zimmer höre ich eine kraftlose Stimme antworten.
Kraftloser ist nur meine Hand, als ich die Klinke drücke und ins Zimmer trete.
Halbnackt steht er mitten im Raum.

Dr. med. Munchenberger.
Weißes Unterleibchen.
Weißer Slip.
Henry.

Er wankt auf seinen spindeldürren Beinchen, schaut mich mit freundlichem Blick an. Und er fragt, was mir denn fehle.
Er fragt wirklich, was mir fehlt.
Ich setze mich aufs Bett.
Er setzt sich ebenfalls, beginnt seine Zehennägel mit einer kleinen Schere zu bearbeiten. Ob ich Kummer habe, fragt er mich, ohne aufzublicken. Henrys Augenbrauen sind dicht und die Härchen lang. Sie haben es sich auf dem oberen Rand seiner Lesebrille bequem gemacht. Legte er die Brille ab, würde sich ein Deckel aus weißen Augenbrauenhärchen dicht über seinen Augen schließen. Ob ich Sorgen habe, fragt er mich noch einmal. «Fangen Sie am besten von vorne an, meine Liebe.»
«Wenn man das so einfach könnte», sage ich. Wir lächeln beide.
«Ich bin eine Freundin von Emma», sage ich schließlich.
Henry kratzt sich an seinen weißen Bartstoppeln. «Schön», sagt er.
Er hat vergessen.
Die Tür geht auf. Eine Frau im weißen Kittel wirft mir einen misstrauischen Blick zu. Ob ich verwandt sei mit dem Doktor. Ob ich nicht sähe, dass der Doktor fast am Erfrieren sei. Eine Lungenentzündung in seinem Alter könne schlimme Folgen haben. «Doktor, was haben wir zwei abgemacht? Sie ziehen sich eine Hose an, bevor Sie Patienten empfangen. Und heute gibt's keine Patienten mehr.»
Ich stehe auf, während die Frau Hosen über Henrys Waden und

Knie streift. «Sie haben ja ganz blaue, verfrorene Beine.» Wieder der strafende Blick zu mir.
Henry versucht sich die Zehennägel weiter zu schneiden, während ihm die Hosen über den Slip gezogen werden. Die Frau nimmt ihm die kleine Schere aus der Hand. Das sei ihr Job. «Haben Sie ihm etwa diese Schere gegeben?»
Ich schließe die Tür hinter mir, gehe den Flur hinunter und lasse mich in der Besucherecke nieder.
Ein Flugblatt wirbt für Sturzprophylaxe im Alter. Qigong bedeute «Beharrliches Üben der Lebenskraft». An der Wand hängt ein Aschenbecher, an dem ein Kaugummi beharrlich zu üben scheint, mit dem Metall ist der Kaugummi nur noch an einer winzigen Stelle verbunden.
Aus den Augenwinkeln sehe ich, wie die Pflegerin aus dem Zimmer 422 kommt und in der nächsten Tür wieder verschwindet.
Ich gehe zurück, klopfe. Keine Antwort. Ich öffne die Tür.
Henry liegt seitlich im Bett, seine Augen hat er geschlossen, sein Unterkiefer liegt, fast wie ausgerenkt, schräg auf dem Kopfkissen, Speichel läuft ihm über die Wange. Er röchelt im Schlaf.
Ich nehme die Briefe aus meiner Tasche und lege sie in sein Nachttischchen.

Paul

«Und? Zufrieden?»
Paul hat gewartet. Er steht vor der Klinik, lässt eine Zigarette zwischen seinen Fingern wandern.
«Seit wann ist Henry in diesem Zustand?»
«Seit letzter Woche.»
«Ich dachte, er sei … Ich dachte …»
«Tot, meinst du.» Die Zigarette zwischen seinen Fingern knickt, Tabak quillt hervor, er zerdrückt sie in der Hand, wirft sie in die Blumenrabatte. «Man hat ihn am Hauptbahnhof aufgegriffen. Barfuß. Im Schlafanzug. Er kam gleich in die Klinik.»

«Und was hat er?»
Paul nimmt eine neue Zigarette aus der Packung. Er zuckt mit der Schulter. «Demenz, Alzheimer, Psychose, was auch immer. Wird abgeklärt. Er kommt nie wieder zurück auf seinen Berg.»
Für einen Moment will ich seine zitternden Hände in meine nehmen.
«Zünd sie schon an», sage ich stattdessen, und seine fahrigen Finger nehmen ein Feuerzeug aus der Jackentasche.
«Warum fragen Sie mich nicht, was ich von Henry wollte?»
Zum ersten Mal lächelt Paul. Und seine Augen leuchten für einen kurzen Moment.
Ich schaue auf seine langen bleichen Finger, auf die weiße Asche, die auf den Asphalt rieselt. «Sag mal. Abaschen?», frage ich, «gibt es das Wort Abaschen wirklich? Also: Er ascht ab?»
Paul lächelt ein schiefes Lächeln, meint schießlich: «Sicher ist nur: Wenn ich einmal sterbe, asche ich ab.»

Isabelle

«Wer? Tom? Oliver. Und Paul? Und was für ein Henry?»

Isabelle versteht überhaupt nichts. Sie hat mich gefragt, ob es bei mir nicht endlich etwas Neues gebe. News von der Männerfront, nennt sie es. Ich verpacke also die letzten Wochen in einen Satz, und Isabelle ist verwirrt.
«Du bist nicht die einzige, die verwirrt ist», sage ich.
«Jahrelang nichts und innerhalb weniger Wochen wirst du zur Nymphomanin?»
«Isabelle …»
«Ja, ja, nur der schöne Tom. Aber den hast du dir schön unter den Nagel gerissen.»
«Entschuldige mal, du hast ihn mir unter die Bettdecke geschoben.»
«Und wie heißt der Typ mit dem toten Kind?»

Ich bereue es bereits, dass ich Isabelle mehr erzählt habe.
«Und Paul ist der Sohn von Henry, der mit den Briefen?»
Ich nicke.
«Ein reicher Tom. Ein trauriger Oliver. Und ein wütender Paul.»
Isabelle lacht: «Eine schöne Auswahl hast du dir da zugelegt.»

Alice

«Schön, dass Sie doch noch Zeit gefunden haben zurückzurufen.»
«Ja, nicht wahr?», sage ich und lächle.

Seit einer halben Stunde sitze ich in Alices Büro und schaue ihr zu, wie sie Briefe schreibt.
Es stört mich nicht, dass sie mich einfach nur zusehen lässt. Es ist bereits zum Ritual geworden: Ich werde sie irgendwann etwas fragen, was ihr missfällt, und sie wird mich künstlich erbost aus dem Haus werfen. Mit einem Umschlag. Mir fällt das Wort Gesellschafterin ein. Ich füge es in Gedanken in meinen Lebenslauf ein, frage mich, ob ich als *Gesellschafterin* durchgehen würde, vervollständige ein passendes Bewerbungsschreiben mit dem Satz: *Jahrelang putzte ich für Tote. Zuweilen leistete ich auch Lebenden Gesellschaft.*
Bewerbungsschreiben und Autobiographie in einem.
Ich schaue auf die Uhr, und weil es spät ist, fällt mir ein, dass ich doch eigentlich Hunger haben könnte. «Alice», sage ich, «manchmal stelle ich mir die Empfängerinnen Ihrer Briefe vor. Im indischen Bangalore öffnet eine Frau einen Ihrer Briefe, in Gibraltar, in Cape Cod und Buxtehude. Und, Alice, alle diese Frauen sehen in meiner Vorstellung exakt genau so aus wie Sie. Ist das nicht besonders witzig?»
Alice blickt auf. Sie zieht eine Augenbraue hoch, öffnet eine Schublade, nimmt einen Umschlag heraus und legt ihn wortlos auf den Tisch.
Ich nehme ihn an mich und gehe.

Paul

Er lehnt an der Hauswand neben der Eingangstür, als wären wir verabredet. Ich mache ein fragendes Gesicht. «Paul?», sage ich. «Pia», antwortet er.
Dass er gerade in meiner Stadt zu tun habe? Dass ich ihm dabei eingefallen sei? Er hilft keinem solchen Satz über seine Lippen, also öffne ich achselzuckend die Haustür und eine Stunde später sitze ich auf meinem Wohnzimmerboden inmitten von tellergroßen Wirsingblättern, die ich mit Küchenpapier einzeln trocken tupfe.
Wirsingblätter. Weil Paul Hunger hat.
Eine Stunde zuvor: Ich fische arglos ein angefangenes Paket Kartoffelchips aus dem Schrank. Paul betrachtet die Chips, als handle es sich dabei um herausgerissene Zehennägel von infektiösen Außerirdischen.
«Hast du Wirsing da?», fragt Paul.
Jetzt schaue ich *ihn* an, als wäre *er* ein Alien.
«Ich denke nicht. Wirsing? Nein.»
Und so geht es weiter. «Garnelen? Hab ich nicht. Natürlich nicht.» «Nein, auch keine Chilischoten.» «Nix Chilipulver.» «Po-was? Porreestangen? Was soll denn das sein?» Ich seufze laut. «Könnten wir nicht einfach Brot essen? Vielleicht hab ich noch welches da.»
«Ich gehe einkaufen», erwidert Paul.
Etwas von Wasser und Öl murmelt Paul jetzt, als er mir das Küchenpapier in die Hand drückt. Also sitze ich auf dem Boden im Wohnzimmer und trockne faltige Wirsingblätter ab.
Die Kartoffelchips sind unerreichbar weit weg, in der Küche, auf feindlichem Terrain. Mein Magen knurrt.

*

Gefühlte fünf Stunden später sagt Paul: «Gedämpfte Kohlrouladen mit Hähnchenbrustfilet und Garnelen.»
Ich esse schnell.
Ich frage Paul nicht, wie es Henry geht.
Stattdessen sage ich: «Paul, du bist ja ein richtiger ...»
«Besteht allenfalls die Möglichkeit, dass du dich zurückhältst und es nicht aussprichst?», unterbricht er mich, ohne von seinem Teller aufzublicken.
Ich blicke ihn fragend an. «Was soll ich denn nicht sagen?»
«Es ist ermüdend, ich habe es zu oft gehört.»
Ich halte die beladene Gabel in der Luft und warte.
Paul seufzt. «Na das mit Bocuse, Paul Bocuse.»
«Wer ist das denn?»
Paul reißt die Augen auf und fixiert mich. Schließlich zieht er sein Kinn zurück und lächelt: «Die Wirsingblätter waren übrigens einwandfrei getrocknet.»
«Danke.»
Ich möchte wissen, was Henry macht. Da ich nicht glaube, dass es ihm besser geht, frage ich nicht. Da steht Paul plötzlich auf. «Also, bis die Tage», sagt er beim Abschied. Er streichelt mir flüchtig über die Wange. «Iss vernünftiger, komische Frau!»

Als er die Tür hinter sich schließt, hole ich die Kartoffelchips hervor. Ich mag diesen Paul. Und selbstverständlich kenne ich Paul Bocuse.

Gertrude

Trudi. Krebs.

Tochter Lea und Sohn Melvin in der reich befrachteten Wohnung. Die Tochter entschuldigt sich bei mir. Weil Trudi gesammelt hat. Weil Trudi viel gesammelt, alles gesammelt hat. Und vor allem nichts weggeworfen hat.

«Kriegskind.» «Etwas eigen.» «Was müssen Sie auch von ihr denken, was müssen Sie von uns denken!» «Entschuldigen Sie die Unordnung.» Immer wieder entschuldigt sich die Tochter bei der Putzfrau, bei mir. Für die Leidenschaft ihrer Mutter. Und ich weiß leider nichts Besseres zu sagen, als dass das doch mein Job sei.
«Sie war halt etwas …», sagt die Tochter und hebt hilflos beide Arme, als sie mich zögerlich von einem Zimmer zum nächsten führt. «Ich glaube, es ist eine Krankheit, wenn man nichts wegwerfen kann.»
«Das ist keine Krankheit. Alte Menschen können nichts wegwerfen. Die sind alle gleich», sagt der Sohn.
«Und wenn sie wenig Besuch erhalten, sind alte Menschen auch alle gleich, nämlich einsam.» Sagt Tochter Lea.
Und Sohn Melvin sagt nichts mehr.

Trudi:
Stadtanzeiger, sämtliche Gratisausgaben der letzten 33 Jahre
Leas Kindergartentasche
Melvins erstes Badehöschen

Alice

Es sei ja nett, dass sie mich herrufe, sage ich, als ich das nächste Mal bei Alice erscheine und sie mir mit einem Wink bedeutet, Platz zu nehmen. «Es ist einfach verdientes Geld, aber eigentlich habe ich ein Dienstleistungsunternehmen, das sich darauf spezialisiert hat, Wohnungen von Verstorbenen zu räumen und zu putzen.»
Alice schweigt. Plötzlich beginnt sie zu kichern: «Sicher gibt es ein passendes T-Shirt oder, noch besser, einen Aufkleber für Ihr Auto. Darauf steht: ‚Ich putze nur für Tote'». Alice lacht. Immer lauter lacht sie, prustet los. «Oder, noch besser, auf dem Autoaufkleber steht: ‚Ich bremse auch für Tiere. Aber ich putze nur für Tote.'»
Alice krümmt sich vor Lachen auf ihrem Stuhl.
Ich lasse sie lachen. Bis sie sich die Tränen aus den Augen wischt.

Dann versuche ich es noch einmal: «Hier putze ich ja nicht mal. Und es ist ja offensichtlich so, dass hier niemand verstorben ist.»
Plötzlich lächelt Alice nicht mehr so freundlich. Ihre Augen blitzen wütend, als die schrille Türklingel mich zusammenzucken lässt.
Sie steht auf, drückt auf den Türöffner an der Wand. Ich höre die große Eingangstür ins Schloss fallen, die knarrenden Schritte auf der Holztreppe.
Im Türrahmen erscheint ein kleiner dünner Mann mit rötlichem Ziegenbart und Koffer. Als er mich auf dem Sofa entdeckt, hält er abrupt inne, mustert mich eine Weile, nickt Alice schließlich zu. Als wäre er mit mir einverstanden, denke ich und friere plötzlich in meinem Winterpullover.
«Ich bin dann mal oben», sagt der Mann, der sicher einen ganzen Kopf kleiner ist als ich. Er kratzt sich an seinem rötlichen Bärtchen und steigt die Treppe hinauf.

Isabelle

«Geh doch einfach nicht mehr hin», sagt Isabelle, als sie sich zu mir an die Bar setzt.

Isabelles Mann habe kommentiert, dass sie mich heute wahrscheinlich zum letzten Mal an einem Stück sehen werde. Der kleine Mann mit dem rötlichen Bärtchen, sagt sie jetzt, hätte wohl Axt und Säge im Köfferchen ...
Ich, Pia, sei ihr gemeinsames nächstes Opfer.
Und sie, Isabelle, müsse später in die Kameras blicken und erzählen, wie ich denn so war, ich, an einem Stück.
«Lach nicht, solche Dinge gibt es wirklich», sagt sie und schaut ein wenig sauer drein.
«Du gehst zu oft zum Friseur», sage ich.
«Du meinst, ich lese zu viele Krimis.»
«Nein. Zu viel Friseur. Zu viele Heftchen.»

«Erstens, Pia, gehe ich genau so oft zum Friseur, wie es nötig ist. Im Gegensatz zu dir.»
Sie blickt abschätzig auf meine zu langen Fransen, die ich mithilfe einer Haarspange flüchtig an einer Kopfseite fixiert habe. «Und zweitens berichten die Magazine bei meinem Coiffeur nur über Promis und Babys, wer mit wem halt, Frisuren, ultimative Diäten. Da steht überhaupt nichts Schlimmes drin.»
«Schlimm genug», entgegne ich.
Isabelle fasst mich am Handgelenk. «Aber an dieser Alice ist wirklich etwas faul, Pia.»
Ich trinke meinen Kaffee aus. «Die Frau zahlt gut. Und ich hab momentan nicht sehr viel zu tun.»
Ob ich Konkurrenz bekommen habe, fragt Isabelle.

«Ich glaube eher, die Leute haben keine Zeit mehr für den Tod.»

Tom

Tom, ich brauche
dich. Pia

Ich blicke auf den Display und warte auf seine Antwort.

Hoppla! Kannst du es
endlich zugeben, dass du
hoffnungslos in mich
verknallt bist? Tom

Morgen 10 Uhr
Marktgasse 8. Pia

Ein bisschen früh, aber
okay. Bin da. Tom

*

Er habe sich das anders vorgestellt, sagt Tom und verzieht das Gesicht, als ich die Tür öffne und ihm ein Paar Plastikhandschuhe entgegenstrecke.
«Erwartungen vermindern die Freude», antworte ich.

Isabelle brachte mich auf die Idee. «Ich? Helfen? In einer Totenwohnung? In meinem Leben nicht.» Sie schüttelte sich angewidert.
«Ich muss den Auftrag innerhalb eines Tages machen. Sonst bekomme ich ihn nicht.»
Doch das interessierte sie nicht. «Frag doch Tom.»
«Der musste wahrscheinlich noch nie in seinem Leben richtig zupacken.»
«Er hat zwei Hände», meinte Isabelle. Und es gebe Schlimmeres als verwöhnte reiche Jungs.
Also kommt Tom.

Freddy

Freddy. Unfall.

Die Tochter von Freddy, call me Susan, ist Biologieprofessorin an einer Uni in Connecticut, ach wie really, really gerne würde sie hierher fliegen, aber no chance, you know! Every little thing solle ich ihr doch einpacken und in die USA schicken, sagt Susan. Inklusive Möbel. Und vorher bitte alles genau fotografieren. Take pictures, many many pictures! Susan möchte wissen, wie Daddy Freddy gewohnt hat.
Tom erfährt gerade, dass er mir dabei helfen wird. «Du verpackst die Bücher in die verstärkten Kisten, ich mach mal eben die Küche fertig. Muss noch fotografieren.»

Take pictures, many many pictures ... Ich fotografiere in der Küche jede einzelne weiße Fliese mit der Einwegkamera.
Später lehne ich am Türrahmen, betrachte Tom, wie er seinerseits die Bücher betrachtet.
«Tom, ich glaube nicht, dass sie von alleine in die Kiste springen.»
«Hätte ja sein können», murmelt Tom, der sich endlich über die Bücher beugt, sich dann plötzlich umdreht und frivol grinst.
«Weißt du, das In-die-Kiste-Springen bin ich zumindest bei Mädels ...»
«Schon klar», sage ich, «sonst bist du es so gewohnt.»
Ich bin in der Küche fertig, mache Fotos von jeder einzelnen weißen Badezimmerplatte, als Tom mich zu sich ins Wohnzimmer ruft. «Wir haben ein Problem.» Er überreicht mir einen großen Bildband über die Mayas.
«Wir haben ein Problem mit den Mayas?»
«Ich habe darin geblättert wegen ihrer Prophezeiungen, du weißt schon.»
«Oh verdammt, du bist auch so ein Verschwörungstheoretiker. Und? Hast du etwa den Rechenfehler entdeckt?»
«Mach einfach auf!»
Ich betrachte die losen Fotos hinter dem Buchdeckel, die auf meinen Schoß fallen.
«Ich schätze mal, Töchter möchten nicht wissen, dass ihre Väter so etwas anschauen», sagt Tom.
«Hast du alle Bücher durchgeblättert, die du schon eingepackt hast?»
«Natürlich nicht.»
«Well!», sage ich nach einer Weile. «Wieder auspacken. Alle.»
«Du schuldest mir was», sagt Tom zu mir und seufzt.

«Du schuldest mir was», sage ich zu Daddy Freddy.

Freddy:
Fotos, etwa 300

Tom

«Das ist also dein Job.»

Tom schiebt das Bierglas von sich weg, lehnt sich auf der Lederbank zurück und betrachtet mich. Die Bar ist fast leer, es ist noch früh an diesem Montagabend.
Freddys Wohnung ist fotografiert, in Kisten verpackt, bereit für Amerika.
«Dein Job ist es also, die Wahrheit zu vertuschen», sagt Tom.
«Geheimnisse zu bewahren», sage ich.
Tom schiebt sein Glas von einer Seite auf die andere. «Du beschönigst sein Leben.»
«Gib mir einen vernünftigen Grund, warum Freddys Tochter wissen muss, dass ihr Daddy Hilfe brauchte bei einer Privatangelegenheit.»
«Ah, so nennt man das.» Tom grinst. «Na ja, es wäre zumindest ehrlich.»
«Väter sind nun mal nicht nur Väter», sage ich.
«Dann hast du Verständnis dafür, was Männer so brauchen.» Tom schaut mich auffordernd an.
«Ja. Du zum Beispiel bräuchtest dringend mal wieder eine richtige Arbeit», sage ich.
Tom lacht. «Wenn dieser Freddy nicht gewollt hätte, dass man die Fotos findet, hätte er nicht einfach ...»
«Eben nicht, Tom. Er konnte die Bilder nicht mehr selber entsorgen.» Ich stehe auf und ziehe meine Jacke an. «Vielleicht, weil er am Mittwoch ausnahmsweise mal nicht damit gerechnet hat, dass er mit seinem Fahrrad an einem Bus hängenbleiben wird.»

Alice

Ich setze mich auf Alices Sofa, packe mein Buch aus der Tasche, als Alice fragt, warum es meinen Job überhaupt brauche.
Ob die Angehörigen nicht selber aufräumen und putzen könnten.
Ob es nicht schon zu viele Firmen gebe, die alles abholten.
Ob meine Arbeit nicht auch eine ganz gewöhnliche Putzfrau machen könnte.

Willkommen zur Woche der Verhöre, denke ich.

«Ja», sage ich, «die meisten Menschen räumen und putzen selber, wenn ihre Angehörigen sterben. Ja, es gibt auch Firmen, die man engagieren kann. Die holen alles ab, versilbern Wertvolles, verhökern einen Teil und werfen das meiste direkt in die Mulde. Und, klar, meine Arbeit könnte auch eine ganz normale Putzfrau machen.»

Alice schaut mich fragend an.
«Manche Menschen», sage ich, «möchten dem Tod nicht so nahe kommen.»
«Sie aber schon?», fragt Alice.
«Mich stört es zumindest nicht.»
Alice spielt mit ihrem Kugelschreiber. «Ich habe Sie schon mal gefragt, warum Sie diesen Job machen», fragt sie.
Ich packe das Buch langsam in meine Tasche. «Ich kann Ihnen gerne die Nummern von Firmen raussuchen, die alles bei Ihnen abholen und heute noch verramschen. Diese Standuhr in der Ecke da verkaufen sie dann für einen Zehner, schätz ich mal. Wenn überhaupt. Die Teppiche hier würden sie gleich wegwerfen, so etwas will keiner mehr heutzutage.»
Fertig. Wir seien fertig für heute, meint Alice.
Ich bin eh schon aufgestanden und bei der Tür.

Die Otts

Familie Ott. Kohlenmonoxidvergiftung.

Ich halte vor einem Gartenhaus am Rande der Stadt. Davor steht ein Gemeindearbeiter, in orangen Hosen und orangem Gilet. Und da steht auch der Herr Hofmann, Mister Matratze, in Anzug und Krawatte. Er reißt die Augen auf, als er mich erkennt. «Sie müssen die Putzfrau sein», sagt er jedoch, als hätte er mich noch nie zuvor gesehen.
«Na, wenn Sie das sagen», antworte ich ihm.
«Dann müssen Sie der Gemeindearbeiter sein», sage ich, zu dem Mann in Orange gewandt, der mich anlächelt.
«Ich bin Ron, ja. Dann müssten Sie der Herr Hofmann sein.» Ron blickt grinsend zu Mister Matratze.
«Ja, witzig, sehr witzig», sagt Hofmann und tippt auf seine Armbanduhr. «Wir haben zu tun. Die ganze Familie hier ist hopsgegangen, Kohlenmonoxidvergiftung, defekter Ofen. Ron, Sie sind fürs Grobe zuständig. Und Sie machen die Feinarbeit, besenrein bitte, ich komme gegen Mittag wieder. Das sollte reichen.»
Mister Matratze dreht sich um und eilt zum Parkplatz.
«Er spricht so, als sei er fürs Grobe zuständig», sagt Ron und zeigt auf Mister Matratze. Ron lässt mir mit einer eleganten Armbewegung den Vortritt, als wir das Gartenhaus betreten.

Familie Ott:
Leere Grillwurstverpackungen
Kartoffeln, in Alufolie
Gartenscheren, drei

Alice

«Warum setzen Sie sich? Sie wollten doch unbedingt putzen?»

Ich stehe vom Sofa auf und folge Alice ins Nebenzimmer. «Sie haben oben nichts zu suchen», sagt sie als erstes. «Haben Sie das verstanden? Räumen Sie hier drin auf. Irgendwas. Es soll danach einfach besser aussehen als vorher. Und putzen Sie die Fenster. Was Sie halt so machen.»
Ich hole meine Putzsachen aus dem Auto, sehe mich im Raum um, streiche das Tischtuch glatt, lege schwere Zeitschriften auf schwere Zeitschriften, staube Bücher ab, putze die Fenster, sauge und wische den Holzboden feucht auf. Nach einer guten Stunde sieht es aus, wie bestellt. Ein wenig besser als zuvor.
Als ich mich verabschiede, fragt Alice, ob sie mitfahren dürfe.
«Bitte was?»
«Na, ob Sie mich mitnehmen können.»
Ich überlege. «Es gibt Taxis», sage ich.
Alice erscheint in der Auffahrt, im grauen Kostüm, als ich meine Sachen in mein Auto packe. Ihre Hände umfassen die Henkel zweier großer Eimer, die mit Deckeln verschlossen sind. Zweifelnd blicke ich in den kleinen Kofferraum. Mein Staubsauger ist riesig. Ich beginne, die Putzsachen umzuräumen, verstaue den riesigen Staubsauger auf den Hintersitzen, während Alice bereits im Auto Platz genommen und die Augen geschlossen hat. Dann stelle ich die Eimer in den Kofferraum.
«Was immer da drin ist», sage ich, als ich mich neben sie setze, «das wird ja wohl nicht umfallen und mein Auto besudeln, oder?»
«Fahren Sie nicht zu schnell in die Kurven», antwortet Alice, ohne die Augen zu öffnen.
Ich beiße auf meine Unterlippe.

*

Kaum sind wir aus der Ausfahrt in die Straße eingebogen, hat mich Alice gefragt, was ich mit den Briefen gemacht habe. Jetzt blickt sie in die Vorgärten der vorbei ziehenden Häuserzeile und runzelt die Stirn. «Die Briefe sind also weg …»
«Innenstadt, haben Sie gesagt?», frage ich.
«Norden, Richtung Grenze. Wo sind die Briefe?»
«Return to sender.» Ich wechsle die Spur. «Wohin im Norden?»
Wir durchqueren die Stadt bei Feierabendverkehr. Ich halte schließlich an einem Rotlicht. Die Ampel springt auf Orange. «Also wohin im Norden?», wiederhole ich meine Frage, bevor ich losfahre. Alice sagt nichts. Sie starrt auf die Ablage vor sich. Hinter uns hupt ein Lieferwagen. «Alice, verdammt, ich muss wissen, wohin Sie wollen.»
«Geradeaus.»
Der Lieferwagen hinter uns hat ausgeschert, er setzt in dem Moment zum Überholen an, als auch wir losfahren. An der Ampel hinterlassen wir ausgiebiges Hupen.
Alice scheint nichts gehört zu haben. Sie fixiert mich von der Seite: «Haben Sie ihn getroffen? Sie haben ihm die Briefe einfach zugeschickt, oder? Lebt er noch? Hat er sie gelesen? Das wissen Sie gar nicht, oder? Sie haben ihm die Briefe einfach geschickt. Sagen Sie nicht, dass Sie ihn besucht haben. Ist nicht wahr, oder?»
Ich halte am Straßenrand. «Alice, wenn ich hier weiterfahre, überqueren wir die Grenze.»
Alice blickt auf die Straße und die Häuserzeile. «Wir sind da.» Sie steigt aus dem Auto, nimmt die Eimer aus dem Kofferraum und stapft einer Hausmauer entlang davon. Sie verschwindet durch ein großes Tor, das in einen Hof zu führen scheint.
Ich ärgere mich. Über mich. Weil ich auf sie warte, obwohl wir es gar nicht vereinbart haben. Eine Viertelstunde später taucht sie auf, öffnet den Kofferraum und stellt die beiden weißen Eimer wieder hinein.
«Die Briefe haben Sie also doch berührt, nicht wahr?», frage ich, als wir zurück Richtung Innenstadt fahren.

«Wie gesagt, fahren Sie langsam in die Kurven», entgegnet Alice.
«Ach, geben Sie es schon zu», sage ich.
Alice schnaubt verächtlich. «Lesen Sie mal Sartres Briefe an seine Simone. Einmal schreibt er seiner petite amie, wie er auf den robusten Rücken einer Prostituierten geklettert ist. Stellen Sie sich das mal vor. Das sind Briefe! Die müssen Sie lesen.»
Wir fahren zurück in die Innenstadt.
«Wo setze ich Sie ab?», frage ich.
«Sie wissen doch, wo ich wohne.»

Paul

Ich habe die Briefe nicht mehr bei mir. Und sie fehlen mir.

Ich möchte wissen, ob Henry sie gefunden, ob er sie gelesen hat. Ich suche die Nummer von Paul heraus.
«Dein Essen war wirklich, wie soll ich sagen? Delikat?», beginne ich.
Keine Antwort.
«Ich habe mindestens vier Stunden lang abgewaschen, nachdem du gegangen bist», sage ich.
Stille.
«Okay, es war nur eine halbe.»
Schweigen.
«Paul, ich habe deinem Vater etwas dagelassen. Ich möchte wissen, ob er es gesehen hat.»
«Du meinst die Briefe», sagt Paul nach einer Weile und seine Stimme klingt heiser.
«Hat Henry die Briefe gelesen?», frage ich.
«Ich, Pia. Ich habe sie gelesen.»

Er wolle bei mir vorbeikommen, sagt Paul, und auf einmal fühle ich einen Kloß im Hals.

*

Paul steht vor der Tür, fragt, mit Blick auf meine roten Docs auf der Fußmatte, ob er seine Schuhe auch ausziehen solle, kommt herein, noch bevor ich antworten kann, stellt sich mitten ins Wohnzimmer, zieht seine Schuhe aus, faselt etwas vom Holzboden, ob der versiegelt sei oder eben nicht, zieht seine Schuhe umständlich wieder an, bevor er sich auf mein Sofa setzt, greift sich ein Kissen, schaut es an, legt es wieder zurück, greift zu einem Schuh und beginnt, ihn wieder auszuziehen.
«Lass mal», sage ich und lege meine Hand auf seinen Fuß.
«Du willst einen Kaffee und eine rauchen, stimmts?», sage ich.
«Hast du heiße Schokolade?», fragt Paul.
Er sieht nicht so aus, als würde er demnächst mit Kochen beginnen.
Ich seufze, öffne eine Packung Chips und setze mich neben ihn.

Als ich gerade überlege, meinen Arm um ihn zu legen, geht ein Ruck durch seinen Körper. Er setzt sich aufrecht hin und fixiert mich. «Pia, was gibt es dir eigentlich, anderer Leute Welt zu zerstören? Ich weiß, dass du schräg drauf bist. Aber bist du wirklich so kaputt?»

*

Ich sitze erstarrt auf dem Sofa, spüre Pauls hasserfüllten Blick auf mir.

«Wahrscheinlich hat sich Henry nichts aus meiner Mutter gemacht», sagt Paul. «Wollte ich das wissen, Pia, was glaubst du? Wollte ich wissen, dass mein Vater eigentlich diese Emma wollte?»
Ich schlucke, ein schmerzender Kloß in meinem Hals.
«Er war jung und verliebt, Paul. Das ist, das ist bestimmt ist das vorbei gegangen.» Ich überlege. «Und später hat er deine Mutter kennengelernt. Und Emma hat er vermutlich …»

«Du bist zu ihm gekommen, um ihn zu fragen, ob er Emma vergessen hat. Nicht wahr? Und du hast gehofft, dass es nicht so ist. Sei einfach ehrlich, Pia.»
Ich stehe auf. «Und du», sage ich, «sei doch froh, dass du überhaupt eine Familie hast.»
Paul schüttelt den Kopf. «Ich weiß nicht viel über dich, Pia, nur eines. Du hattest kein Recht, das ans Licht zu zerren. Emma hat es für sich behalten. Henry auch. Warum konntest du nicht?»
In seinen Augen ist eine Kälte, die mich frieren lässt.
«Hast du vorher nachgedacht?», fragt Paul, «denkst du auch manchmal nach, bevor du etwas machst?»

Alice

Ich verlasse meine Wohnung, steige in mein Auto und fahre los. Als ich anhalte, bin ich bei Alice.

«Sie hier?»
Ich setze mich auf Alices Sofa. Alice schreibt einen ihrer Briefe, ich sehe es nicht, ich weiß es. Ich starre vor mir auf den Teppich. Wir sprechen nicht.
Als es dunkel wird, geht Alice zu Bett.
Ich rolle mich auf dem Sofa zusammen. Wie eine zufriedene Katze. Aber ich bin nicht zufrieden.
Als ich einmal kurz aufwache, ist es stockfinster im Zimmer. Jemand hat ein Tuch auf mich gelegt. Ich ziehe das Leichentuch langsam über mein Gesicht und schließe erschöpft die Augen.

*

Die Standuhr zeigt Viertel vor Vier, als ich plötzlich hellwach bin. In Alices Haus ist es ruhig und friedlich. Ich falte die Decke zusammen und lege sie auf Alices Bürostuhl.

Paul

Beim Aufschließen meiner Wohnungstür weiß ich, dass Paul noch hier ist. Vom Flur aus sehe ich ihn im Dunkeln auf meinem Sofa sitzen, den Kopf in die Hände gestützt. Die Straßenlampe beleuchtet ihn von der Seite. «Paul», sage ich und setze mich neben ihn. «Es war ein Fehler von mir, diese Geschichte nicht ruhen zu lassen. Aber man verliebt sich, vergisst es wieder, verliebt sich neu. Henry war jung, er hat ...»
«Henry war damals schon mit meiner Mutter verheiratet.»
Ich schaue ihn fragend an.
«Als Henry in Barcelona war mit Emma, da war er schon verheiratet», sagt Paul mit tonloser Stimme.
Ich streichle schweigend Pauls Wange.
«Als Kind hatte ich ständig das Gefühl, mein Vater sei nur zu Besuch», sagt Paul. «Und jetzt weiß ich auch, warum.» Er legt seinen Kopf in meinen Schoß.
Ich spüre die Wärme seines Atems. Ich spiele mit seinem Ohrläppchen, streiche mit einem Finger über seine Ohrmuschel, fasse in sein dichtes schwarzes Haar, lasse Strähne für Strähne zwischen meinen Fingern hindurch gleiten. Seine Haare kitzeln mich angenehm.
Langsam beginnt Paul seinen Kopf in meinem Schoß hin und her zu bewegen, er presst sein Gesicht fest in meinen Schoß, er beißt sanft in meinen Schoß, sein heißer Atem wärmt meinen Schoß. Ich möchte nicht, dass er aufhört.

Klavier

«Ausschalten!»
Alice wiederholt ihre Anordnung. «Ausschalten!»
Ich beschließe, sie beim ersten Mal und auch beim zweiten Mal nicht zu hören. Ich gebe dem Staubsauger mit einem Fuß einen Schubs und sauge den Erker mit den großen geschwungenen

Fenstern in Ruhe fertig, ehe ich auf den Aus-Knopf drücke und mich auf- und schließlich an Alice richte.
«Ich habe gerade mal drei Minuten gesaugt. Wieso soll ich schon wieder aufhören?»
Alice hat sich in den Sessel in der Ecke gesetzt. «Weil es schönere Geräusche gibt», sagt sie. Ich folge ihrem wohl unbewussten Blick zum Flügel am anderen Ende des Raumes.
«Spielen Sie gut?», frage ich.
«Sehe ich aus, als würde ich Klavier spielen?»
Ich ziehe den Staubsauger hinter mir her bis zum Flügel, lege das Saugrohr auf den Teppich. Mit einem Fensterleder fahre ich behutsam über die schwarze Oberfläche, auf der Millionen von Staubpartikelchen im einfallenden Sonnenlicht zu tanzen beginnen.
Alice beobachtet mich. «Wie werde ich den Flügel am besten los?», fragt sie.
Ich zucke mit der Achsel und betrachte das riesige Instrument, das größer ist als mein Wagen. «Aushang an der Musikakademie, ins Netz stellen, es gibt viele Möglichkeiten.»
«Erledigen Sie das», sagt Alice.
Ich nicke zögernd, stelle ein Bein auf dem Staubsauger ab. «Hat Ihrem Mann gehört, stimmts? Wollen Sie mir vielleicht irgendwann von ihm erzählen?»
Alices Augenbrauen ziehen sich zusammen. «Es ist Zeit, dass Sie gehen.»
Ich lasse den Staubsauger mitten im Raum und den Lappen auf dem Flügel liegen. Als ich an ihr vorbeirauschen will, sehe ich, wie Alice lächelt. «Mein Mann hat erbärmlich Klavier gespielt.»

Alice

«Das ist Boris», sage ich.
Eine Schweißperle rinnt Boris über die Stirn. Alice fixiert den Tropfen auf seinem Weg zur Nasenspitze, an der er einen Moment hängen bleibt, bevor er sich in die Tiefe stürzt.

Ich räuspere mich. «Boris möchte sich das Klavier anschauen», sage ich.
Alice dreht sich wortlos um und geht voran in den ersten Stock.
«Das Klavier wird nicht angefasst», zischt sie uns über die Schultern hinweg zu. Boris dreht sich auf der Treppe fragend zu mir um. Ich winke beruhigend ab.
Seit einer geraumen Zeit steht Boris nun schon vor dem Klavier.
«Es sieht schön aus», sagt er zaghaft.
Alice schweigt.
«Ich müsste halt wissen, ob es auch schön klingt», sagt Boris.
«Es klingt exakt so schön wie es aussieht», sagt Alice.
Boris wirft mir einen verzweifelten Blick zu. Mit einem erzwungenen Lächeln meint er zu Alice: «Vielleicht könnten wir zuerst über den Preis sprechen?»
«Der ist nicht verhandelbar», sagt Alice.
Boris presst seine Fingernägel in seine schwarze Ledermappe, und ich bin wirklich froh, dass das arme Rind bereits verstorben ist.
«Hören Sie, wenn Sie nicht verkaufen möchten, kann ich ja wieder gehen.»
Alice stellt sich vor das Klavier und legt ihre Hände flach auf die glänzende Oberfläche. Sie schließt für einen langen Moment die Augen, als ob sie einem Konzert lauschen würde. Dann lächelt sie mich an. «Mein Mann hat wirklich miserabel gespielt. Im Vergleich dazu schneidet der Staubsauger gar nicht mal so schlecht ab.»
Boris schaut mich fragend an.
«Wenn Sie den Flügel unbedingt befingern müssen», sagt Alice, als sie den Raum zum Ausgang durchschreitet, «tun Sie, was Sie nicht lassen können. Den Flügel holen Sie am 8. Juli hier ab.»

Alice

«Besuchen Sie Flohmärkte?», fragt Alice.

Die Bücherregale in dem Raum, den wir gerade betreten, sind bis unter die Decke beladen mit in Leder gebundenen Werken. Ich entziffere einige Buchtitel, medizinische Fachbücher, den Pschyrembel gleich in mehrfacher Ausführung.
Ob ich Flohmärkte besuche, wiederholt Alice ihre Frage.
«Vergessen Sie es», sage ich und streiche über den Rücken eines Bandes. «Diese Backsteine hier schleppe ich an keinen Flohmarkt.»
«Ich meine gar nicht die Bücher.» Sie bückt sich und zieht einen braunen Arztkoffer aus einem der unteren Regale. Fast zärtlich lässt sie ihren Blick über die Rundungen des Leders gleiten.
Ich muss plötzlich laut lachen. «Das muss aus dem vorletzten Jahrhundert stammen, nicht wahr? Und so was hat Ihr Mann tatsächlich noch benutzt?»
Alice sieht mich mit einem eher mitleidigen als traurigen Lächeln an. Sie lässt den Verschluss aufschnappen und holt ein Stethoskop aus dem Koffer, wiegt es in den Händen, schließt die Augen und riecht daran, bevor sie es wieder behutsam hineinlegt. Sie bückt sich, um den Koffer wieder zurück ins Regal zu schieben.
«Warten Sie», sage ich.
Alice behält die Tasche fest in der Hand, als ich meinen Arm danach ausstrecke. «Und was ist mit den Büchern?», fragt sie.
Ich wiege mit dem Kopf. «Ich befürchte, die sind wohl nicht mehr auf dem neusten Stand, oder?»
Alices Augen funkeln, als sie sich aufrichtet. «Jeder Arzt sollte diese Bücher mehrmals gelesen haben.» Sie schnaubt. «Und sie sollten nicht zu stolz sein, immer wieder darin nachzuschlagen.»
Alice hält den Arztkoffer noch immer fest in der Hand.
«Also gut, ich kümmere mich um die Bücher», sage ich. «Aber wollen Sie den Koffer wirklich nicht behalten? Er ist doch offensichtlich ein Erinnerungsstück.»

«Ja, er ist ein Erinnerungsstück», sagt Alice und streckt ihn mir entgegen.

Isabelle

Isabelle verzieht das Gesicht, als sie den kleinen ledernen Arztkoffer auf meinem Küchentisch stehen sieht. «Wo hast du denn dieses Unding her?»
«Ein Erbstück», sage ich.
Sie öffnet den Koffer und zieht mit gespreizten Fingern das Stethoskop aus dem Koffer. «Du willst den Koffer aber nicht wirklich benutzen?»
«Soll ich die Männer, die du mir verschreiben willst, nicht auf Herz und Nieren prüfen?»
Isabelle legt das Stethoskop in den Koffer zurück. «Von wem hast du das Zeug?»
«Ein Erbstück», sage ich.
«Hat das dem Mann von dieser Alice gehört?» Isabelle schüttelt den Kopf.

Bücher

Heute sind die Studenten gekommen. Medizinstudenten.
«Ich kann mir nicht vorstellen, wie sie in ein paar Jahren die heiseren Hälse blutjunger Schulmädchen und die geschwollenen Beine der Mütter heilen sollen», sagt Alice, und ich muss fast lachen, als ich ihren misstrauischen Blick sehe.
Die Studenten schleppen die Bücher stapelweise und in Kisten die Treppen hinunter vors Haus. Die Werke verschwinden im Fond eines schwarz glänzenden Geländewagens.
Laut sind sie, die Studenten.
Doch, sie hätten unter Umständen schon Interesse, antwortete der verschlafene Student, der auf dem Sekretariat der Fakultät meinen Anruf entgegennahm. Man werde sie vielleicht mal anschauen. Ob

er mich zurückrufen könne. Jetzt sind sie gekommen, lesen nicht einmal die Titel der Bücher und transportieren gleich alles ab. Ich stelle mir vor, wie sie ihre nackten Füße auf die Bücherstapel legen, während sie sich gemeinsam Arztserien anschauen und sich dabei Krankheiten merken, denen sie in ihrem Leben nie begegnen werden.

Sie sind zu laut für Alice. Sie hat sich in ihr Zimmer verzogen. Ein Student stößt grölend einen anderen an, der ein abgegriffenes, dunkelblaues Buch fallen lässt. Als er es aufheben will, tritt er versehentlich mit seinem Turnschuh drauf. Ich bücke mich schnell und nehme ihm das Buch aus der Hand. «Das behalte ich.»

Alice

«Warum am 8. Juli?», frage ich.
Alice schaut mich fragend an.
«Na Boris», sage ich. «Er sollte das Klavier am 8. Juli abholen lassen. Er hat angerufen wegen der Umzugsfirma.»
«Gut», sagt Alice.

«Also warum am 8. Juli?», frage ich.
«Was ist nicht in Ordnung mit dem 8. Juli? Kann die Firma dann nicht?»
«Doch, der 8. Juli ist bestens für sie.»
«Na also.»

Ich nehme mir vor, Alice nichts mehr zu fragen.

Isabelle

«Und was ist das?»
Dummerweise habe ich vergessen, das Buch wegzuräumen.
Isabelle blättert darin. «Ich verstehe kein Wort. Willst du Medizin studieren?»
Ich schiebe die Fertigpizza in den Ofen.

«Du solltest lieber mal kochen lernen, Pia. Männer mögen das.»
«Willkommen im 21. Jahrhundert. Ich hab Mascarpone draufgehauen.»
Isabelle ist ein schiefes Lächeln zu entlocken. Dann zieht sie wieder eine Schnute. «Ein Wunder, dass du mal wieder Zeit hast für deine Freundin», sagt sie.
«Ich habe sogar Wein.»
«Und woher hast du dieses Buch?»
Ich stelle die Weingläser auf den Tisch. Dabei schiebe ich das Glas vor Isabelle, das weniger Kalkflecken hat.
«Oh Gott, sag nicht, dass es das Buch eines Toten ist! Du solltest nicht die Toten ehren, sondern die Lebenden. Schade, dass dir deine Mutter das nie beibringen konnte.»
«Tja, meine Mutter.»
Isabelle beißt sich auf die Zähne. «Tut mir leid.»
Ich schenke Wein in beide Gläser.
Isabelle schlägt das Buch auf und wieder bricht es aus ihr heraus. «Immer diese Alice. Bist du eigentlich ihre Sklavin?»
«Ich gehe freiwillig zu ihr.»
«Aber du hast keine Zeit mehr für anderes.»
«Jetzt bin ich ja hier. Isabelle, merkst du eigentlich, dass wir wie ein ordinäres Ehepaar streiten?»
Isabelle schiebt das Glas Wein von sich weg: «Sag mir einfach, warum du ihr die Briefe gezeigt hast, bevor du mir überhaupt davon erzählt hast.»
Ich schweige.
«Die Wahrheit ist doch, dass dich meine Meinung nicht mehr interessiert. Frag doch Alice, ob sie diese grauenvolle Pizza essen will.»
Isabelle steht auf und packt ihre Jacke. «Lass mich einfach in Ruhe und meld dich nicht mehr.»

Ich sage nichts, und ich folge ihr auch nicht, als sie aus der Tür rauscht. Mir ist schlecht.

Keller

Der Boden besteht aus Lehm, der unvollständig mit Steinplatten belegt ist. Über unseren Köpfen wölbt sich die Decke des Kellers. Die Erde vor den Gestellen scheint zu atmen, der ganze Raum, der Wein atmet, sagt Alice, gerade als ich das denke. Ich höre vor allem meine Puste, stelle fest, dass auch ein Abstieg anstrengend sein kann.

«Ich will all diese Weine nicht mehr», sagt Alice.
«Wer soll die alle abholen?», frage ich.
«Niemand.»

Amarone Valpolicella Classico, Jahrgang 1980:
Alice reicht mir das erste Weinglas zum Probieren. «Also. Was mögen Sie denn so an den Toten?»
«Dass man Erinnerungen haben kann an sie», sage ich.
«Erinnerungen sind nicht die Realität. Aber manchmal macht man sie dazu.»

Primitivo Lirica Manduria, 1979:
«Hat Ihre Mutter Ihnen nicht gesagt, dass Geheimnisse sterben, wenn sie keine mehr sind?»
«Meine Mutter hat nicht mit mir gesprochen.»
«Sie hatten so eine böse Mutter?»
«Nein, so eine tote.»

Ligornetto Merlot del Ticino, 2009:
«Was war eigentlich in den Eimern, Alice?»
«Was glauben Sie denn?»
«Vielleicht locken Sie ja junge Frauen an, von denen Sie denken, dass sie niemand vermisst.»
«Aha.»
«So jemanden wie mich. Und dann zerstückeln Sie diese Person.»

«Ach, jetzt übertreiben Sie aber. So jung sind Sie nun auch wieder nicht.»

Cabernet Sauvignon Portillo Mendoza, 1961:
«Sie haben Ihre Mutter nie gekannt?», fragt Alice.
Ich nehme einen großen Schluck und werfe das Glas schwungvoll in eine Ecke des Weinkellers, so wie ich es schon immer mal machen wollte, bin fasziniert von den Glasscherben und der roten Flüssigkeit, die der Boden aufsaugt.
«Dann haben Sie sie auch nie enttäuscht», sagt Alice, als ich ihr nicht antworte.

Chardonnay Torrontes Callia Alta, 2000:
«Wer enttäuscht wen eigentlich mehr? Die Eltern ihre Kinder oder die Kinder ihre Eltern?», frage ich.
Alice reicht mir ein neues Glas, schwenkt ihres hin und her, sodass die Hälfte des Inhalts auf den Boden schwappt. «Es gibt bestimmt Statisten darüber», sagt sie leicht lallend und bedeutungsvoll nickend.
«Statistiken.»
«Genau. Es gibt unglaublich viele Statisten auf dieser Welt.»

Puro Malbec, 1989:
«Die Leute unserer Stadt sprechen immer vom Flussknie, an dem wir wohnen.»
«Ja. Flussknie.»
«So ein Humbug, Alice. Sie sollten den Flusslauf auf der Karte studieren. Er zeigt das Gesicht einer molligen Frau, die ihre Nase, ihre Nase, nicht ihr Knie in unser Land streckt.»
«Aha.»
«Vielleicht ist es auch ein Mann. Ein molliger. Aber kann man von einem Mann sagen, dass er mollig ist?»
«Sie sagen, es ist eine Nase. Kein Knie?», fragt Alice.
«Genau. Schauen Sie mal nach. Von oben halt.»

Alice blickt durch ihr Weinglas. «Na ja, wer will schon an einer Nase wohnen.»

Benmarco Expresivo, 1968:
Alice schüttet den Rest ihres Weinglases auf dem Boden aus, gießt sich neuen ein.
«Du siehst also ein Menschengesicht, das der Fluss da zeichnet.»
«Jup.»
«Weißt du, man kann in allem zwanghaft Menschen sehen.»
«Aber manchmal sind Flüsse einfach nur Flüsse?»
«Und Wolken einfach nur Wolken.»

Cheval des Andes, 2007:
«Alice, warum gerade jetzt?»
«Was denn?»
«Die ganze Räumerei.»
«Ordnung ist das halbe Leben.»
«Und die andere Hälfte?»
Alice kichert. «Unordnung.»

Kater

Manchmal ist ein Kater, nein, immer ist ein Kater einfach nur ein Kater.

Alice

Als ich Tage später vor Alices Haus aus dem Auto steige, steht sie schon in ihrem Kostüm auf dem Vorplatz. Mit den beiden Eimern.

«Alice, ich wollte Ihnen das schon beim letzten Mal sagen. Sie haben ein Problem bei der Auswahl Ihrer Handtaschen.»
Alice setzt sich ins Auto.

«Wollen Sie mir nicht sagen, was drin ist?»
«Manche Dinge sind noch nicht reif, um darüber …»
«Was da drin ist, ist noch nicht reif genug?» Ich blicke argwöhnisch in den Rückspiegel. «Und wenn es reif ist, explodiert es dann gleich oder wie?»
«Manche Menschen sind definitiv noch nicht reif genug», sagt Alice.
«Kann es sein, dass es etwas mieft?», frage ich, rümpfe die Nase und überlege mir, ob es sich dabei um vorauseilenden Ekel handeln könnte.
Ich halte am selben Ort an wie Tage zuvor, und Alice stapft mit ihren Eimern davon.
Im Schaufenster auf der anderen Straße leuchtet ein lebensgroßer Elvis. Ich steige aus, überquere die Straße, betrachte Elvis auf Pappe, angestrahlt von kleinen Spots.
Neben ihm stehen lederne Lackstiefel, die mir wohl bis über die Knie reichen würden.
«Auch Elvis trug Schuhe», steht auf einem Schild daneben.
Ich muss lächeln und hineingehen, probiere die Stiefel und behalte sie gleich an. «Viel Spaß», sagt der Verkäufer und zwinkert mir zu, als ich mich umdrehen will.
«Ich werde sie zum Putzen tragen», sage ich.
«Bitte keine Details», unterbricht mich der Verkäufer und zwinkert mir nochmals zu.
Als ich aus der Tür trete, höre ich ein schreckliches Quieken, das mir die Härchen im Nacken aufstellt. Ich lese den Schriftzug an der Fassade auf der gegenüberliegenden Straßenseite.
Städtische Tierkörpersammelstelle. Veterinäramt.

Alice ist im städtischen Schlachthof verschwunden.

*

Auf der Rückfahrt schweige ich.
Alice ist bestens gelaunt. «Hier in der Gegend wohnen Sie doch.

Ich will sehen, wie Sie leben, los!»
«Ich bringe Sie nach Hause.»
«Nein, zeigen Sie mir, wie Sie wohnen.»
«Das gehört normalerweise nicht zu meinem Service.»
«Da bin ich aber froh», sagt Alice kichernd, «denn Ihre Kunden sind normalerweise tot.»
Ich konzentriere mich demonstrativ auf den Verkehr. «Hören Sie, Sie verpassen nichts, wenn Sie meine Wohnung nicht gesehen haben.»
«Das möchte ich lieber selber entscheiden.»
«Meine Wohnung passt in das Entrée Ihres Hauses.»
«Klingt doch schnuckelig.»

*

Ich öffne die Haustür, und Alice zieht an mir vorbei in meine Wohnung. «Na kommen Sie», ruft Alice mir kichernd zu, «fühlen Sie sich wie Zuhause.»
Sie wirft einen Blick auf mein abgewetztes Sofa, das einzige Möbelstück im Raum, und geht in die Küche. Keine Bilder. Kein Stuhl. Ein Tisch. «Ich esse im Stehen», sage ich, «oder im Wohnzimmer auf dem Sofa, wenn ich Zeit habe. Ist gemütlicher als in der Küche.»
«Ja, sehr gemütlich.» Alice öffnet die Schränke in der Küche.
«Ich hab nichts Richtiges hier. Dönerbude, Pizzakurier ...», beginne ich.
«Die müssen auch was verdienen», sagt Alice und nickt.
Im Schlafzimmer die Matratze auf dem Boden. Meine Kleider und Schuhe bilden in einer dunklen Ecke einen schwarzen Berg. «Ich weiß schon», sagt Alice, als ich etwas sagen will, «Kleiderschränke werden überbewertet.»
Ich bleibe im Türrahmen zur Küche stehen, während sich Alice auf die vordere Kante des Sofas setzt. «Sind Sie eigentlich auf der Durchreise?» Alice blickt mich dabei fragend an. «Und kommen Sie mir bloß nicht damit, dass das Leben doch für alle eine Reise ist.»

Wir lächeln beide.
«Für manche ist es einfach ein schlechter Trip», sage ich.
Alice will sich zurücklehnen, schnellt wieder nach vorn und zieht das blaue Buch hinter ihrem Rücken hervor. «Autsch, das kenn ich doch.» Sie lächelt erstaunt, blättert darin. «Wollen Sie etwa Medizin studieren?»
«Ja, warum eigentlich nicht?», sage ich, fast etwas trotzig.
«Na, bis jetzt waren Sie nicht schuld am Tod Ihrer Kundschaft. Soll das nicht so bleiben?»

Zündapp

«Ich bezahle Sie nicht fürs Rumstehen», ruft Alice aus der Garage heraus.
«Seit wann denn das?» frage ich und verfolge, wie eine kleine Spinne ihre dünnen Beinchen zwischen dem dicht gewachsenen Efeu hervorstreckt.
«Helfen Sie mir beim Schieben!»
Ich kann nichts erkennen in der finsteren Garage.
«Hier.» Aus dem Dunkeln taucht Alice auf, die ein verstaubtes grau-grünes Moped ans Licht schiebt.
«Soll ich es abstauben? Oder mit dem Hochdruckreiniger drüber? Oder gleich auf den Schrottplatz bringen?»
«Es gibt so viele Ignoranten auf der Welt. Das ist eine Zündapp, Jahrgang 1962.» Alice schaut das Moped liebevoll an. «Ein wahrhaftes Liebhaberstück.»
«Hat es auch Ihrem Mann gehört?»
«Putzen Sie es. Und schieben Sie es nach vorne an die Straße. Man wird sich die Finger danach lecken, es steht keine Viertelstunde da vorne.» Sie lässt ihre Finger über das geschwungene Lenkrad gleiten, klopft seufzend auf den Ledersitz. «Fertig jetzt. Weg damit.»
Den Rest des Tages verbrenne ich im Garten Papiere. Papiere, die ich mir nicht ansehen soll, wie mich Alice instruiert. Ich halte mich an die Anweisungen, entferne Ordner für Ordner Blatt um Blatt,

werfe das Papier in die Flammen. Vom Feuer angesengte schwarze Papierfetzen tanzen um mein Gesicht, auf und ab. Die leeren Ordner stopfe ich in einen Müllsack.
Als ich abends wegfahre, steht das Moped unberührt am Straßenrand.
Am nächsten Morgen steht es da.
Am Abend immer noch.
Und am nächsten Morgen ebenso.
Traurig sei das, sagt Alice. Heute werde nichts mehr geschätzt, nicht mal echte Qualität.

*

«Na also», sagt Alice, als sie mir einen Tag später die Haustür öffnet und zur Straße linst. «Das Moped ist weg.» Sie zwinkert mir zu. «Es sind also doch nicht alles so Banausen wie Sie.»

2. Stock

Ich stehe vor den Treppenstufen, die hinauf in den verbotenen zweiten Stock führen.
Alice ist nicht hier.

Sie hat ein Taxi genommen und ist weggefahren. Mein heutiger Job: Weinflaschen entsorgen. Die leeren. Und die vollen. Noch so einen Morgen danach würde sie nicht überstehen, sagte Alice. Sie wolle nie mehr in ihrem Leben Wein trinken, wirklich nie mehr. Ich solle mir etwas einfallen lassen. Wir könnten doch jedem Einwohner des Quartiers eine Flasche vor die Tür stellen, meinte Alice, die Wohnungstür hinter sich zuziehend.
Ich denke nicht daran, die Flaschen im Quartier zu verteilen. Ich stelle mir die Nachbarn vor, wie sie den Wein von Unbekannt auf ihren Fußmatten beäugen, die Flaschen mit spitzen Fingern aufheben und, nach ein paar Tagen Überlegen, den ganzen Wein im Spül-

stein auskippen und sich endlich wieder beruhigt zurücklehnen. Statt im Keller stehe ich vor den Treppenstufen, die hinauf in den zweiten Stock führen.

Alice, du hast in meine Küchenschränke gesehen. Jetzt bin ich dran.

*

Das verbotene Zimmer. Auf der einen Seite des Raumes weiße Einbauschränke, die vom Boden bis hinauf zur Zimmerdecke reichen. Auf der anderen Seite glänzen blank geputzte Edelstahlflächen und zwei übergroße Waschbecken. Zwischen den Schränken und den Spülen, in der Mitte des lang gezogenen Raumes ohne Fenster, stehen die beiden weißen Eimer.
Ich nehme die Deckel ab. Die Eimer sind leer und sauber und ich atme auf.
Mein Herz beginnt wieder heftig zu klopfen, als ich den Knauf eines Schrankes in die Hand nehme und langsam daran drehe.
«Sie brauchen Schlüssel dafür», sagt eine Stimme hinter mir.
Ich drehe mich erschrocken um. Alice lehnt im Türrahmen, die Arme hat sie verschränkt. «Hier.» Die Schlüssel klirren, als sie einen Schritt ins Zimmer macht und den Bund auf die Edelstahlfläche legt. «Sie sind am Sonntag übrigens eingeladen. 7. Juli. Kommen Sie um Vier.» Alice ist schon auf dem Treppenabsatz, als sie sich umdreht und nochmals zurückkommt. «Sie haben tatsächlich etwas Ekliges erwartet, nicht wahr?»
Ich zucke mit den Achseln.
«Die Menschen lieben den Ekel», sagt Alice.
«Muss nicht sein», sage ich.
Alice lächelt. «Ich könnte Ihnen die wirklich absolut ekligste Geschichte erzählen, die Sie in Ihrem Leben gehört haben. Soll ich?»
Ich nicke.
Alice lacht. Und geht.

Tom

«Was?» Tom grinst sein breites Grinsen und schiebt seine Sonnenbrille hoch. «Ein verbotenes Stockwerk?»
«Man muss es ja nicht so nennen», erwidere ich.
«Aber die Lady hat dir verboten, dorthin zu gehen. Also ein verbotenes Stockwerk.»
«Sie heißt Alice. Nenn sie nicht Lady.»
«Ist sie denn keine?»
«Du nervst. Wenn ich jemanden Lady nennen müsste, dann Alice. Trotzdem.»
«Was hattest du denn dort erwartet?»
Ich stelle mein Glas ab. «Weißt du, es ist jetzt einen Monat her. Ich setze mich in einem Park zu einem Mann an einen Tisch. Ich denke, er sei über sein Mittagessen gebeugt. Als er sich aufrichtet, sehe ich, dass er auf seinem Teller einen toten Raben seziert. Mit Gabel und Messer aus dem Restaurant.»
Tom verzieht das Gesicht. «Tja, Pia, der Tod ist faszinierend.»
«Nur solange man lebt?»

7. Juli

«Kommen noch mehr?», frage ich.
«Sie sind mein einziger Gast.»
Zwischen Alice und mir steht ein Schokoladenkuchen auf dem Tisch.
Ich rühre mit dem Löffel in meiner Kaffeetasse, zucke zusammen, als ich merke, wie laut ich bin, und lege den Löffel zurück auf den kleinen Teller. «Ich wollte Ihnen noch sagen, dass ich die Schränke nicht geöffnet habe.»
«Warum nicht?», fragt Alice und schenkt Kaffee in ihre Tasse.
«Es wäre nicht richtig gewesen. Es tut mir leid.»
«Sie interessieren sich für Geheimnisse. Ich sollte mich geehrt füh-

len, denn Sie interessieren sich damit auch für mich.»
Mit einem Finger fahre ich über den Rand des Porzellantellers.
«Los, nehmen Sie schon ein Stück Kuchen.»
Ich sitze da und schüttle den Kopf.
«Wie lange würde es noch dauern, bis Sie Vertrauen in mich hätten?», fragt Alice.
«Ich habe Vertrauen.»
«Dann essen Sie ein Stück Kuchen. Er ist nicht vergiftet.»
Ich möchte sie fragen, ob sie den Kuchen selber gebacken hat. Er sieht nicht aus wie die Kunstwerke aus der Konditorei. Auf dem Schokoladenüberzug sind kleine gelbe und grüne Kugeln aus Zuckerguss unordentlich verteilt.
«Sie haben nicht etwa Angst davor, oder?»
«Vielleicht», sage ich.
«Dann hängen Sie ja doch an Ihrem Leben.»
«Soll man nicht am Leben hängen?»
«Es ist einfacher, wenn mans nicht tut», sagt Alice lächelnd.
«Nein, das Leben ist nicht einfacher, wenn man nicht daran hängt.»

*

«Jetzt iss schon ein Stück Kuchen.» Alice schiebt ihn auf meine Seite des Tisches. «Es ist wichtig für mich.»
Natürlich ist der Kuchen nicht vergiftet. Aber ich kann nicht. Es wäre einfacher, wenn Alice sauer auf mich wäre, wenn ich mich entschuldigen könnte. «Vielleicht», frage ich vorsichtig, «könnten wir darüber reden.»
«Darüber, dass Sie im Zimmer waren?»
«Ich habe aber nicht in die Schränke geschaut.»
«Pia, es ist alles in Ordnung.»
Schweigend sitzen wir am Tisch. Schließlich packt sich Alice ein Stück des Kuchens auf ihren Teller. Löffel für Löffel führt sie zum Mund, schließt jedes Mal die Augen, sobald der Kuchen hinter ihren Zahnreihen verschwindet.

Ich stehe auf.
«Ich bin noch nicht fertig», sagt Alice. «Noch nicht ganz fertig.»
Ich setze mich wieder. Und Alice schiebt gemächlich ein zweites Stück Kuchen auf ihren Teller.

Kuchen

Vor mir zerreißen dicke Tropfen die eben noch glatte Oberfläche des grauen Flusses. Das Blätterdach der Platane ist undicht, Regentropfen prasseln auf mich und mein Stück Kuchen herab. Sie sammeln sich in den winzigen Kratern der Alufolie, in welcher der Kuchen verpackt ist, und statt ihn zu essen, grüble ich über Vergänglichkeit nach. Alufolie altert wie der Mensch. Kaum berührt, schon zerknittert und verbraucht.
Alice hat darauf bestanden, dass ich ein Stück Kuchen mitnehme. Wäre Alice sauer auf mich gewesen, würde ich jetzt nicht auf dieser Bank sitzen. Sie hätte mich beschimpft, ich hätte mich entschuldigt, dann könnte ich dieses verdammte Stück Kuchen essen, fertig.
Ich pfeffere den Kuchen wütend in den nächsten Mülleimer.

8. Juli

«Ich bin Alices Anwalt», sagt der Mann.
«Ich bin ihre Putzfrau», sage ich.

Der Mann an der Tür trägt abgewetzte Cordhosen und einen ausgeleierten roten Strickpullover, der ihm bis zu den Fingerknöcheln reicht. Ich trage heute den Arztkoffer und die ledernen, kniehohen Lackstiefel. Alices Anwalt. Und Alices Putzfrau. Ich kann ein Kichern nur schwer unterdrücken, weiß aber nicht, ob ich zuerst über ihn oder mich oder vielleicht doch über Alice lachen soll.
Der Strickpullover lässt mich vorbei. Ich bin auf der Treppe, auf dem Weg in den ersten Stock, als er mich auffordert zurückzukommen. «Alles in Ordnung», rufe ich zurück und eile weiter. «Ich bin

nur kurz wegen dem Flügel hier. Heute kommt die Umzugsfirma.»
Ich öffne das große Fenster im ersten Stock, als auch schon der Wagen der Transportfirma mit dem Kranwagen auf den Hof fährt. Die Männer in blauen Arbeitsanzügen nicken sich zu, als sie den Flügel sehen. Mit geübten Griffen schrauben sie die Beine ab und packen das Instrument sorgfältig in Folie. Sie rufen sich einsilbige Anweisungen zu, als sie den amputierten Flügel auf Rollen Zentimeter für Zentimeter zum Fenster schieben. Dort legen sie ihm dicke Bänder um und schieben ihn vorsichtig aus dem breiten Fensterrahmen.

Nach wenigen Augenblicken schwebt der riesige schwarze Flügel über dem Hof.

Anwalt

Ich stehe am Fenster. Der Mann im roten Strickpullover hat die ganze Zeit schweigend hinter mir im Türrahmen gestanden. Er seufzt, sagt: «Ach, Alice hat wunderbar Klavier gespielt.»

Die Bänder, an denen der Flügel hoch über dem Hof schwebt, sehen auf einmal dünn aus, wie Bindfäden. Der Kranwagen scheint jeden Moment zu kippen, ich möchte die Männer unten warnen, doch einer zündet sich entspannt eine Zigarette an, sie lachen und ich schweige. Dem Klavier geht es gut.
«Ich dachte, Alices Mann hätte Klavier gespielt», sage ich und höre, wie schwach meine Stimme klingt.
Der Anwalt lacht. «Stimmt, das hab ich auch. Aber nicht so oft. Sie war das eigentliche Talent. Haben Sie Alice denn nie spielen gehört?»
Ich muss leer schlucken. «Ich wusste nicht, dass sie spielt. Sie waren ... Sie sind also Alices Ehemann? Ich dachte, Sie seien ...»
«Tot? Ich schlafe ausgiebig und habe einen tiefen Blutdruck, aber tot bin ich noch nicht. Sie scheinen nicht die beste Freundin von

Alice zu sein.»
Ich antworte nicht. Was soll ich sagen. Dass Alice der verschwiegenste Mensch ist, den ich kenne? Und gleichzeitig der Mensch, von dem ich jedes Wort hundert Mal hören möchte?
«Nein», sage ich, «wir kennen uns nicht wirklich. Wir sind uns … begegnet. Ja, so könnte man es sagen. Ich bin nur ihre Putzfrau.»
«Na ja, jetzt untertreiben Sie aber», sagt der Mann und schiebt die Ärmel seines Wollpullovers zurück. «Immerhin erben Sie dieses Haus hier.»

*

Es ist Sommer und ich beginne zu schwitzen. Weil dieser Mann, der vor mir steht, diesen verdammt dicken Wollpullover trägt.

Wir starren uns an.
Er kann es besser. Mit seinen zusammengezogenen dichten Augenbrauen.
Dann schüttelt er seufzend den Kopf. «Sie wissen es wirklich nicht.»
Mein Magen zieht sich zusammen. Ich solle ihm folgen, sagt er. Im Büro von Alice lässt er sich auf ihrem Bürostuhl nieder. Ich setze mich auf das Sofa. Ja, ich kenne meinen Platz. Er schiebt die wenigen Papiere auf dem Bürotisch von einer Seite auf die andere. Dann wieder zurück. «Alice war eine eigenwillige Persönlichkeit. Sie hat mich schon vor Jahren über ihre Wünsche instruiert. Sie …»
«Wo ist sie?», frage ich mit schwacher Stimme.
Der Mann schüttelt den Kopf. «Sie war bei bester Gesundheit. Deshalb ist es ja auch eine Schande.» Er blickt mir lange in die Augen, bevor er es sagt.

Dass Alice schon vor langer Zeit beschlossen hat, keinen Tag älter als 80 zu werden.

Kuchen

Manchmal bleibt die Zeit einen Moment lang für mich stehen. Um mir eine Chance zu geben, denke ich dann. Die Zeit will, dass ich verstehe und dann mit ihr weitergehe. Doch ich bewege mich keinen Schritt.

Der Kuchen. Ich habe keinen Kuchen gegessen, denke ich. Warum habe ich den verdammten Kuchen nicht gegessen. Keinen Tag älter als 80. Sie hat ihren Geburtstag gefeiert. Jetzt weiß ich es. Gestern. Mit mir. Und diesem verdammten Kuchen.

Ich kann nur noch an den Kuchen denken. Ich habe keinen gegessen. Ich habe keinen Kuchen gegessen.

Alice

Alice lebt nicht mehr.
Ihr toter Mann dagegen ruckelt auf ihrem Bürostuhl hin und her.

Eigentlich ganz einfach. Alice war meine Kundin. Ich habe Alice, meiner Kundin, geholfen, ihre Sachen zu ordnen, wegzugeben. Ihre Sachen. Ihre Dinge. Ihr Leben.
Meine Kundschaft war noch am Leben.

Man räumt auf, bevor man geht.

Anwalt

Kurz verheiratet, sagt er, lange her, sagt er, Ehemann, Anwalt, Tee …
Tee?
Ob ich einen Tee wolle, wiederholt er seine Frage.
Ich nicke.

Er bleibt sitzen, schaut sich hilflos um. Er wisse jetzt gar nicht …
Also stehe ich auf, gehe in die Küche, mache mir einen Tee, komme zurück, setze mich. «Wollen Sie auch einen?», frage ich.
Er winkt ab.
Ich stehe auf, mache einen zweiten Tee, komme zurück und stelle die Tasse vor ihn auf den Schreibtisch.
«Eigentlich … Ach, schon gut», sagt er.
Einzelgängerin, erzählt er, Schlaftabletten … Ich versuche die Worte, die ich höre, auch wirklich zu verstehen.
Er brauche etwas Stärkeres. Ob ich auch einen Whiskey wolle?
Es habe noch ein paar Flaschen Wein im Keller, höre ich mich sagen.
Doch er winkt ab. Wein und Whiskey könnten warten. Ob ich denn noch Fragen hätte.

«Warum tragen Sie einen Strickpullover mitten im Sommer?»
Er lächelt. «Ich bin manchmal allein, und so ist mir wenigstens immer warm.»
«Ja, genau», sage ich.

Grab

Sie haben Alice auf einem moosigen Grab gefunden. Sie hat sich auf den Friedhof vor ihrem Haus gelegt, die Arme unter dem Kopf verschränkt. Sie hat den Sternenhimmel betrachtet, bevor sie die Augen schloss.

Alice hatte nichts bei sich.
Keine Schlüssel, keinen Abschiedsbrief, nichts.
Nichts hatte sie bei sich, und ihr Haus ist fast leer.

Isabelle

Unter der eigenen Bettdecke fühle ich mich sicher.
Isabelle hat eine Wärmeflasche mit heißem Wasser gefüllt und sie

mir unter meine Füße geschoben. Ich habe Isabelle nicht angerufen. Irgendwie hat sie es erfahren. Die Nachbarn, die Zeitungen, was weiß ich, es legt sich nicht jeden Tag eine Frau zum Sterben auf den Friedhof.
Obwohl es ziemlich praktisch wäre.
Isabelle ist gekommen. Wortlos hat sie mir ein Butterbrot gestrichen. Sie hat mich nicht in die Arme genommen.
Erst das Brot. Dann die Wärmeflasche.
«Es ist Sommer und ich friere», sage ich und schüttle den Kopf.
«Wie geht es deinem Mann?»
Isabelle schaut mich nicht an: «Er sagt, ich solle dich in den Arm nehmen.» Doch wir bleiben, wo wir sind. Ich unter der Bettdecke, sie auf dem Stuhl.
Ich schüttle den Kopf, als Isabelle mich fragt, ob sie noch etwas für mich tun könne. Sie schließt leise die Haustür hinter sich.
«Danke», flüstere ich.

Abadre, Alice

Der Stoffhase von Suzette oder Fabian schaut mich vom Kopfende des Bettes an. Ich stehe auf und hole das Buch, das ich aus Alices Haus mitgenommen habe. Der Band, der dem Medizinstudenten auf den Boden gefallen war und den Alice hier gesehen hat. Ich setze mich in mein Bett und schlage das Buch auf.
Als Erstes sehe ich ihren Namen innen im Buchdeckel: *Abadre, Alice.*

Aber natürlich.
Es war ihr Buch. Nicht das ihres Mannes.
Ihre Bücher. Ihr Wein. Ihr Arztkoffer. Ihr Klavier.
Ihr Haus. Ihre Erinnerungen. Ihr Leben. Alice.

III

Geoffrey

Geoffrey. Schlangenbiss.

«Und Sie können die ganz sicher nicht mitnehmen?», fragt die Frau in den gelben Frotteehausschuhen.
Sie hat die Arme vor der Brust verschränkt und schaut mich feindselig an. «Aber das sag ich Ihnen. Ich kaufe in meinem Leben keine einzige Ratte mehr.»
«Von mir aus.»
«Und auch kein Melkfett.»
«Melkfett?»
«Hilft beim Häuten.»
Die dicken, schwarzen Vorhänge im Wohnzimmer sind zugezogen. Es riecht muffig nach, nein, ich weiß nicht, wonach es riecht, es riecht einfach. Auf dem schwarzen Bücherregal Kartonschachteln. Futter, vermute ich. In der Spüle in der Küche stapeln sich Messbecher in verschiedenen Größen, kleine Löffel und ungespülte Kaffeetassen. Der Küchentisch ist bedeckt mit weiteren Schachteln und Prospekten.
Aus den Augenwinkeln sehe ich, dass sich in einem kleinen Terrarium unter dem Küchenfenster etwas bewegt. Ich bücke mich. Ein winziges Augenpaar starrt mich an. Vier erbärmliche, leicht zittrige Beinchen, Krallen wie verkohlte Reiskörnchen.
«Ich will das Zeug nicht mehr», sagt die Frau. Sie blickt auf die Müllsäcke, die aus meiner Umhängetasche heraus schauen. Schnell schiebe ich die Rolle tiefer in meine Tasche. Drei Zoohandlungen rufe ich an, vier Tierarztpraxen, den Zoologischen Garten, das Tierheim. Am Ende des Tages sind alle Tiere versorgt.
Bis auf Salt.

Salt hat sich in die hintere Ecke seines Terrariums verzogen. Alle paar Minuten macht er kaum sichtbare eckige Bewegungen.

Salt wiegt so viel wie eine kleine Tüte Popcorn.
Der absolute Ekel stellt sich nicht ein.
Also nehme ich Salt mit nach Hause.

Geoffrey:
1 Python
2 Strumpfbandnattern
1 Vogelspinne
2 Stabschrecken
8 maurische Landschildkröten
1 Leopardgecko
18 Ratten, tiefgefroren
1 Salt

Salt

«Du kannst es ja nicht mal streicheln.»
«Wer hat gesagt, dass ich es streicheln will?»

Seit einer halben Stunde starren Tom und ich von oben in die Plastikkiste, in der ich Salt nach Hause transportiert habe.
Salt starrt zurück.
«Ich hasse Tiere», sagt Tom.
Wir glotzen in die Plastikkiste. Aus der Kiste glotzt es zurück.
Dann hebt Salt vorsichtig sein rechtes Vorderbein an und lässt es in der Luft stehen.
«Spannend», sagt Tom.
«Sie hätte es im Klo runtergespült.»
Tom schüttelt den Kopf. «Du kannst das Ding …»
«Das soll ein Zwergbartagame sein.»
«Du kannst das Ding nicht in dieser Plastikkiste halten. Es haut

ab, falls es vorher nicht die Grippe kriegt. Oder du die Krätze. Und was isst Salt überhaupt?», fragt Tom und legt seine Stirn in Falten.
Ich muss bei diesem Anblick lächeln. «Puh, du hasst Tiere wirklich.»
«Aber jetzt im Ernst», meint Tom.
«Bist du gut im Heuschreckenfangen?»

Verschwendung

Es hat Wochen gedauert, bis ich verstanden habe.
Dass Alice nicht mehr da ist. Dass sie das letzte Stück Kuchen gegessen und später eine Schachtel Schlaftabletten geschluckt hat. Dass sie sich auf den Friedhof gelegt hat, von wo sie die Sterne und ihr Haus sehen konnte.
«Ich habe es verstanden», habe ich kürzlich zu Paul gesagt, «aber an Akzeptanz mangelt es mir.»
Eine Verschwendung. Immer wieder fällt mir das Wort Verschwendung ein, wohl weil es mehr Wut als Trauer ist. Ich glaube, Wut ist einfacher als Trauer.
«Vielleicht hatte Alice Angst», meint Paul.
«Vor was denn? Vor dem Alter? Sie war ja schon alt.» Ich bin bockig, wenn es um den Tod geht. Um Alices Tod. Paul weiß das.
«Das Alter bringt leider nicht nur Weisheit», sagt er, und ich sehe den Sohn vor mir, der versteht und akzeptiert. Seit Wochen wohnt Henry in der Klinik und Paul ist sein Besucher.

Anwalt

«Hat Alice nie von mir gesprochen?»
Ich blicke an Alices Anwalt vorbei, überlege, was er hören möchte.
«Ach, schon gut, wir waren nur kurz verheiratet», meint er, «ich war vor allem ihr Anwalt.» Fast ein wenig verschämt sagt er: «Weißt du, ich war immer auch ein wenig in dieses Haus verliebt.»

Ich bin das erste Mal hier seit Alices Tod. Ich hatte Angst herzukommen. Aber das Haus umfängt mich wie ein warmer Mantel.
«Warum?», frage ich ihn.
«Alice?» Er presst seine Lippen zusammen. «Sie hatte immer ihren eigenen Kopf.»
«Aber es ist eine Verschwendung», sage ich.
«Ich vermute, sie ist jetzt gegangen, um nicht das Schicksal ihrer Mutter zu erleiden», sagt er. Ich blicke ihn erstaunt an.
Und er erzählt mir die Geschichte einer Mutter, die ihre Schuhe und ihre Tochter vergaß.
Die Geschichte von Natalia, von Alices Mama, die kämpfte und verlor. In Natalias Wohnung klebten Zettel an jeder Wand, Zettel auf jedem Tisch, Zettel am Badezimmerspiegel, Zettel auf den Schuhen bei der Haustür. «Alice hat die Zettel ihrer Mutter aufbewahrt», sagt der Anwalt, öffnet eine kleine Schublade ihres Schreibtischs und nimmt einen kleinen Stapel heraus.

Natalia

«Montag ist Müllabfuhr»
«Natalia Abadre»
«Milch, Brot, Butter»
«Mehr trinken»
«Alice anrufen»
«Nicht vergessen: Schuhe anziehen»
«Montag duschen»
«Mein trockener Mund kommt von den Medikamenten!»
«Dr. Losch, 16. April, 15 Uhr»
«Alice anrufen»
«Katzenfutter kaufen»
«Katzenfutter stinkt drinnen»
«Zeitung abbestellen»
«David, mein Mann»
«Alice, Tochter»

*

Wirkliche Denkzettel. So viele Denkzettel. Alice hat keinen einzigen hinterlassen, sinniere ich, als sich ihr Anwalt zu mir beugt und mir hoffnungsvoll in die Augen schaut. Er wolle mich etwas fragen. «Schon gut», sage ich. «Du kannst hier bleiben, solange du willst.»

Ich möchte nicht, dass das Haus allein ist.

Paul

Paul lehnt an der Wand vor meiner Haustür, die Schatten unter seinen Augen sind dunkler als sonst. Später lehnt er genau so an der Küchenzeile. Als würde er ohne Wand gar nicht aufrecht stehen können, denke ich, während er mich dabei beobachtet, wie ich an einem Stück Käse kaue.
«Man isst Käse nicht ohne Brot», sagt er.
«Bist du gekommen, um mir das zu sagen? Außerdem ist das völliger Quatsch.»
Ja, sagt er, das sei Quatsch. Er wolle mir etwas erzählen, sagt er, macht jedoch keine Anstalten, dies zu tun, schneidet sich stattdessen eine Scheibe Käse ab und kaut darauf herum, während er ausdruckslos aus dem Fenster schaut.
«Ich konnte nicht anders, Pia», sagt er schließlich. «Ich habe Henry gefragt, wen er mehr geliebt hat. Meine Mutter oder Emma.»
Mein Herz setzt einen kurzen Moment aus.
Doch ich bin fast sicher, dass ich auf Pauls Gesicht ein Lächeln gesehen habe.
«Nachdem ich ihm die Frage gestellt hatte, kratzte sich Henry an seinem Kinn. So wie er es früher immer getan hat, wenn man ihm eine schwierige Frage stellte.» Paul macht eine Pause, beinahe kratzt er sich nun selber an seinem Kinn, doch kurz bevor seine Finger sein Gesicht berühren, bemerkt er es und zieht seine Hand weg. Er schaut mich auffordernd an: «Na, das heißt doch, er konn-

te sich an Emma erinnern, wenn er sich dies so lange überlegen musste. Du wolltest doch wissen, ob er sie vergessen hat.»
Ich nehme Pauls Hand in meine, weiß einmal mehr nicht, ob ich ihn trösten oder mich entschuldigen soll.
«Weißt du, was er mir geantwortet hat?», fragt Paul, und sein Lächeln wird immer breiter. «Henry hat sich ausgiebig am Kinn gekratzt, als wäre meine Frage ein Rätsel, das er unbedingt lösen müsste. Nach einer Weile fing Henry an zu strahlen und sagte: ‚Jetzt weiß ich es. Dich! Dich habe ich am meisten geliebt!'»
Paul lacht laut auf, packt mich an der Hüfte und setzt mich vor sich auf den Herd. Mein Gesicht nimmt er in seine weichen Hände. «Dich! Dich habe ich am meisten geliebt!», sagt er. «Ich habe den ganzen Heimweg über gelacht, nachdem ich bei meinem Vater war. Ich konnte nicht anders, ich konnte nur lachen die ganze Zeit.»
Pauls Kuss auf meinem Mund. Er ist fest und klar. Pauls breites Lächeln. Dann setzt er ein ernstes Gesicht auf. «Pia, ich hoffe, du weißt, dass in deinem Wohnzimmer ein Motorrad steht.»

*

«Tatsächlich, eine Zündapp», sagt Paul eine Weile später. «Henry hat mir nie erlaubt, ein Motorrad zu kaufen.» Er platziert seine Hände fest auf dem Lenkrad der grau-grünen Zündapp. Ob ich damit fahren wolle, erkundigt er sich.
«Ich bin doch nicht lebensmüde», sage ich.
«Aha. Seit wann denn das?»

*

Paul erzählt es mir erst später am Abend.
Dass sein Vater nicht mehr lebt.
Dass Henry starb, als Paul lachend auf dem Heimweg war und eine alte Frau ihn erstaunt fragte, was ihn denn so glücklich mache.
In dem Moment endete Henrys Leben.

Hosen

Ich muss los, zum Bahnhof, und meine einzigen schwarzen Hosen, die keine Löcher haben und nicht komplett verwaschen sind, wollen nicht über meine Hüften passen. Warum verkleidet sich der Mensch ausgerechnet für Beerdigungen und für Hochzeiten, frage ich mich, stehe in Unterhosen vor dem Spiegel und halte mir die schwarzen Hosen als Schleier auf den Kopf.
Ich schnappe mir meine Bluejeans.

Henry

Die Feier ist so kurz wie karg.
Henry habe es so gewollt, sagt Paul, als ich ihn fragend anblicke.
«Ihr habt darüber gesprochen?»
«Es stand im Testament.»

Ein Mann und eine Frau kommen mit ausgestreckten Armen auf Paul zu.
Sie fragt Paul, ob er Henrys Sohn sei.
Wie aus dem Gesicht geschnitten, sagt ihr Mann.
Die gute Seele, die von uns gegangen ist.
Und der Herr, der es gibt und wieder nimmt.
Dann drehen sie sich um und eilen zum Ausgang.

«Pastellfarbenes Glas schafft Transparenz» steht in der Broschüre über die neue lichtdurchflutete Abdankungshalle. Jemand hat einen ganzen Stapel Prospekte neben die Gesangsbücher gelegt.
Pastellfarbenes Glas schafft Transparenz.
«Sollte es nicht Transzendenz heißen?», frage ich.
«Lass uns gehen», sagt Paul.

Fremdwörter sind Glückssache. Beerdigungen auch.

*

In Henrys Wohnung hat sich nichts verändert. Auf dem Boden verstreut liegen Stapel von Papieren und Zeitschriften.
Abwechselnd blicke ich auf den See und in meine Kaffeetasse.
Wie energisch sich Paul bei unserem ersten Aufeinandertreffen durch Henrys Unterlagen gewühlt hat. Wie machtlos Paul jetzt in Henrys Sofa versunken ist. Die zarten Fäserchen des hellbraunen Stoffs vermischen sich mit den feinen Härchen auf seinen Unterarmen.
«Das verstehst du sicher nicht», sagt Paul. «Dass ich nicht gleich alles wegwerfen kann.»
Ich glaube nicht, dass er mein trauriges Lächeln wahrnimmt.

Er werde hier am besten einziehen, sagt Paul. Für ein paar Tage oder Wochen.

Kisten

Auch ich ziehe ein, in Alices Haus.
In ein neues Leben.

Tom hilft mir dabei. Meine Kartonschachteln haben locker in der Eingangshalle des Hauses Platz. «Nette Hütte», sagt Tom nach einem Blick in den großen Saal neben dem Entree, «wohin damit? Alles rauf?»
«Nein, lass stehen», sag ich, «danke, aber bitte geh jetzt.»
«Oh, wer in diesem Haus wohnt, hat wohl seine Launen.»

*

Mein Leben passt in 13 Kisten.

5 Schachteln Bücher
1 Kiste Bad

1 Küche
3 Kleider und Schuhe
3 Verschiedenes

Ich lächle.
Drei Kisten Verschiedenes.
Ich zögere das Auspacken noch etwas hinaus.
Verschiedene Verschiedene sammelten Verschiedenes von verschiedenen Verschiedenen ... Diese Schachteln und Kisten voller Dinge, die ihre Besitzer immer überleben.

*

Ich bin Pia.
Ich putze Wohnungen von Verstorbenen.
Ich lebe im Haus einer Toten.
Nicht zum ersten Mal.

Das Zimmer

Meine dünne Matratze habe ich zwischen Alices Schreibtisch und Alices Sofa gelegt. Ich liege mit geöffneten Augen da.

Wozu brauchen Menschen Sofas? Ein Verflossener hatte diese Frage ausgiebig und genüsslich gestellt. Wozu brauchen Menschen überhaupt Sofas? Er fragte es, bis er sich eines Tages selber ein Sofa kaufte und zur Fernbedienung griff. Er stand nicht mehr auf und stellte keine Fragen mehr.
Der Raum im zweiten Stock geht mir nicht aus dem Kopf. Er gehört jetzt mir. Als die Kirchenglocke zwei, dann drei und schließlich vier Uhr schlägt, bin ich bereit für Alices Geheimnis.
Es gibt keinen Abschiedsbrief von Alice. Und auch hier im zweiten Stock nicht einmal eine handgeschriebene Notiz. Kein simpler, hellgelber Klebezettel, festgemacht am Einbauschrank im Zim-

mer im zweiten Stock, im verbotenen Zimmer. Der Schlüsselbund steckt bereits im Schrank. Ich erinnere mich, wie Alice ihn mir damals zugeworfen hat. Ich höre das Klirren noch.

Ich öffne die Schränke. Ich fröstle.

Isabelle

«Und?», fragt Isabelle. «Was war drin?»
Ich schweige einen Moment. «Menschenkörper», sage ich, «Bilder von Menschenkörpern, von Muskeln durchzogen, Sehnen, Nerven, Knochen ... Aufgeschnittene Körper.»
Isabelle schiebt langsam ihre Kaffeetasse von sich. «Nicht wirklich, oder?»
Schweigend sitzen wir uns gegenüber und füllen die beiden weißen Eimer in Gedanken auf.
«Es war noch mehr da oben», sage ich.
Isabelle zieht ihre Augenbrauen zusammen. «Messer?», fragt sie.
«Skalpelle, Alkohollösungen. Neben den ganzen Bildern, meine ich. Gummihandschuhe. Ein Kühlschrank.»
«Sie hat ihren Mann also doch getötet», sagt Isabelle.
«Er hat heute Morgen meine Milch leergetrunken.»
«Bitte was?»
«Seit Alices Tod wohnt er im Haus. Ich weiß nicht mal, in welchem Zimmer. Er ist einfach da.»
Isabelle nickt langsam. «Also ein anderes Opfer?»
Wir schweigen und sehen Alice vor uns, wie sie einen Menschenkörper Stück für Stück ins Schlachthaus bringt.
Und wie ich ihr dabei helfe.
«Sie hat einen großen Garten, in dem sie alles verbuddeln könnte, was sie will. Warum bringt sie es dann ins Schlachthaus? Was sollten die damit ...»
Ich zucke mit den Achseln.

Paul
Paul stellt eine Tüte mit Einkäufen auf den Tisch. Er wolle für mich kochen.

Vor einer Woche sei er in Henrys Wohnung eingezogen.
Nein, er habe noch nichts aufgeräumt. Nein, auch nichts weggeworfen.
Kochen ist einfacher als Abschied nehmen.

«Ich habe versucht, in der Küche anzufangen, gedacht, dass es dort am einfachsten ist», sagt Paul.
«Das dachte ich auch mal», sage ich lächelnd und erinnere mich an Leo.

Paul fing also in der Küche an. Er holte das ganze Geschirr aus den Regalen. Weiße Tassen, weiße Kannen, blaue Teller, Gläser und Schüsseln in allen Größen und Formen, Krüge, Töpfe, Messer, Gabeln, Löffel. Geräte und Besteck, von dem er nicht wusste, wozu und ob es je benutzt worden war. «Ich habe alles auf den Boden gestellt. Natürlich mit dem Resultat, dass ich die Küche jetzt nicht mehr betreten kann.»

Ich sehe Henrys Küche vor mir. Der Boden komplett mit Geschirr belegt.
Paul sieht etwas anderes.
Seine Mutter stellt ihm, dem Buben mit den nass geschwitzten Stirnfransen und den roten Wangen, einen blauen Teller mit Brot und einem Stück Schokolade auf den Küchentisch.
Seine Mutter bringt ihm, dem fiebrigen Jungen mit den glasigen Augen, einen gerafelten Apfel ins Zimmer. Seine Mutter vergisst nie, frisch gepressten Orangensaft darüber zu träufeln. Paul sieht den Orangensaftsee neben den Apfelstücken auf dem blauen Teller. Langsam kauen, sagt sie, immer wenn der Junge krank ist. Und gut einspeicheln.

Paul sieht Henry, wie er, den blauen Teller vorsichtig unter dem Kinn haltend, schnell noch ein paar Bissen Marmorkuchen hinunterschlingt, bevor er den Rest auf das Telefontischchen im Flur stellt, Paul zuzwinkert, und seinen Mantel packt, um zu einem Notfall zu eilen.
Die Küche, nein. Die Küche ist nicht am einfachsten.

*

Ich höre Paul zu.
Und erinnere mich an meine Mutter, wie sie weiße Lappen in Essigwasser taucht und meine vom Fieber heißen Füße damit umwickelt. Wie sie die großen Socken meines Vaters über diese essiggetränkten Lappen und meine kleinen Füße zieht. Wie sie mir ein duftendes Lavendelsäckchen unter die Nase hält, das gegen den strengen Geruch der Essigsocken ankämpfen soll.

Aber es ist nicht meine Erinnerung. Es ist Isabelles Erinnerung, die ich mir bei Bedarf ausleihe.

*

«Und? Was sagst du zu Alices Haus?»
«Ach ja, das Haus», murmelt Paul, schaut kurz auf, als fiele ihm erst jetzt auf, dass ich nicht mehr in meiner Zweizimmerwohnung hause. Doch dann stellt er einen Schuhkarton auf den Tisch.
Ich entferne mehrere Schichten dünnes Papier.
«Ein Geschenk von Henry», sagt Paul. «Zur Hauseinweihung.»
Es ist ein kleiner blauer Teller.

*

«Du wirkst nicht mal erstaunt», sage ich später.
Paul steht im Raum im zweiten Stock. Anatomische Abbildungen,

Skalpelle in unterschiedlichen Größen, spiegelblank geputztes Waschbecken und die zwei leeren weißen Eimer.
«Ich mag diese Alice», sagt Paul und lacht sein breites Lachen. Als wir wieder hinunter in die Küche gehen, schüttelt er dann doch noch bedeutungsvoll den Kopf. «Das sind tatsächlich Skalpelle da oben.»

*

Messer und Gabeln. Zwei Teller und zwei Gläser. Ich beherrsche meinen Job.
Paul befördert derweil Esswaren aus einer Tüte.
«Ich sollte mir bei meinem Abgang auch etwas einfallen lassen, über das du dir dann den Kopf zerbrechen musst», meint er nun.
«Bitte?»
«Etwas, das ich für dich bereit legen kann, wenn ich selber mal abasche», sagt Paul. «Damit du mich nicht so schnell vergisst.»
«Du meinst, weil mich jetzt noch nicht genug Fragen umtreiben?»
Paul grinst.

Ich glaube, Alice hätte Paul auch gemocht.

*

Paul wäscht eine Chilischote, putzt und entkernt sie, schneidet sie klein. Danach bürstet er sich minutenlang jeden Millimeter seiner Finger. «Kannst du den Koriander …?», fragt er.
Ich nicke. «Tofu? Kein Fleisch heute?»
Paul antwortet nicht. Ich seufze.
Ich erzähle ihm, dass ich einmal einen Veganer kennengelernt habe, der Kresse hieß. «Ehrlich, der Veganer hieß Kresse!»
Doch Paul schweigt und tupft die Minze-Blätter ab, als handle es sich dabei um Blattgold.

Tom

Tom will mit mir ins Bett.
Er merkt es nicht, aber er zupft in solchen Momenten immer an mir herum. An meinen Haaren. An meinen Ohrläppchen.
«Stattdessen essen?», frage ich.
Tom lässt seine Hand sinken.

«Sag mal, Tom, was arbeitest du eigentlich den ganzen Tag?»
«Ich überlege noch, in welche Richtung es gehen soll.» Der Satz rollt ihm etwas zu geschmeidig über die Lippen.
Ich stecke das letzte Stück Kalbsfiletmedaillon in den Mund, das Tom gleich bezahlen wird. Vom Geld seiner Mutter.
Ich gebe mir Mühe, besonders laut zu seufzen, und es klingt wichtig, als ich sage: «Vielleicht hab ich in nächster Zeit mal was für dich.»
Fast muss ich lachen, als ich seinen erschrockenen Gesichtsausdruck sehe. Ich erkläre ihm nicht, um was es geht. Und weil Tom Tom ist, fragt er nicht weiter nach.

Eimer

Ich stehe mit den beiden leeren Eimern vor dem Schlachthaus und will mir einen Plan zurechtlegen, da tritt eine Frau auf die Straße, hält mir das Tor auf und ich schlüpfe hinein. Ich nicke dankend. Oder danke nickend? Ich blicke die langen Flure hinunter.
Welche Richtung? Welche Tür? Rechts, sage ich mir, eine Frau winkt mir zu, als ich mit den Eimern vorbeigehe, ein Mann, der es gerade noch eilig gehabt hat, hält mir lächelnd eine Tür auf, als er die beiden Eimer sieht.
Plötzlich Kacheln, überall weiße Kacheln. Am Boden, an der Decke, an den Wänden. Hier passiert es also. Ich bleibe stehen und erwarte die wild gewordene Kuh, die mich in Todesangst über den Haufen rennt. Stattdessen höre ich ein tiefes, gemütliches Brum-

men und sehe einen bulligen Zwei-Meter-Mann, der mit einem Hochdruckreiniger die Wände des Raumes abspritzt. Sein Nacken ist rötlich-braun, seine Haare sind millimeterkurz geschnitten. Seine Stiefel sind seine Hosen, nein, seine Hosen sind seine Stiefel. Ein Angler im Schlachthaus, denke ich gerade, als er sich halb umdreht und ich sehe, dass er eine mit Wasserdampf beschlagene Schutzbrille trägt.

Es spritzt in meine Richtung, und ich wage es nicht, auf meine Schuhe und Hosen zu blicken, stattdessen stelle ich die weißen Eimer demonstrativ vor mich auf den Boden.

«Oh, die eimerne Lady.» Der Mann hat einen kurzen Blick auf die Eimer geworfen, hört jedoch nicht auf, die Wände Zentimeter für Zentimeter abzuspritzen. Von oben nach unten, von rechts nach links. Dann stellt er den Hochdruckreiniger aus, beugt sich über die Maschine, fingert daran herum. «Es gibt heut nix Richtiges, Därmchen, tut mir leid.»

«Ich dachte … Ist es nicht so, dass ich Ihnen etwas bringen sollte?»

«Hey, verdammt», sagt der Mann, schiebt sich seine Schutzbrille auf die verschwitzte Stirn und mustert mich von oben bis unten. «Wer sind Sie denn? Wo ist Därmchen?»

«Därmchen? Meinen Sie etwa Alice?»

«Woher haben Sie ihre Eimer?» Sein feindseliger Blick lässt mich völlig erschlaffen. Ich blicke auf die beiden Eimer hinunter. «Ich möchte bloß wissen, was Alice hier gemacht hat.»

Er bückt sich vor Wut schnaubend. Ich sehe noch, dass er etwas aufhebt, als er es mir auch schon vor die Füße schmeißt. Haut. Ein blutiger Hautlappen klatscht vor mir auf den Boden. Ein großer Fetzen fast durchsichtiger Haut. Ein Teil davon liegt jetzt auf meinem linken Schuh und meinem linken Fußrücken.

Gewöhnlich trage ich keine weißen Ballerinas.

Schlachthaus

Heute ist mein zweiter Versuch.

Elvis steht im Schaufenster, Elvis, der Pappkamerad. Ich zeige ihm die überkniehohen Stiefel, die ich bei seinem Chef gekauft habe.

Dann drehe ich mich um, und Elvis und ich blicken über die Straße hinüber zur Tierkörpersammelstelle. Veterinär wie ordinär ... Kadaverpalaver ... Wir müssen ausharren, bis der Schlächter sein Revier verlässt. Beinahe zwei Stunden schweige ich mit Elvis, bis der Schlächter aus dem Tor ans Sonnenlicht tritt. Ohne einen Blick auf den Feierabendverkehr zu werfen, überquert er die Straße, kommt mit großen Schritten auf mich zu und bleibt neben mir stehen. Schützend hält er seine Hand über sein Feuerzeug, zündet sich eine Zigarette an und nimmt einen Lungenzug.
«Hat endlich jemand diese Nuttenstiefel gekauft», sagt er.
«Elvis gefallen sie», behaupte ich.
Er nimmt einen weiteren Lungenzug. «Also, was willst du?»

Därmchen

Autos sind für den Schlächter Raucherabteile.
Ich sage nichts, schiele ab und zu auf den Stiernacken des Schlächters, der aus dem Fenster blickt. Ich weiß nicht einmal, wie er heißt, und lasse ihn gleich in Alices Haus, in mein Haus.
Elf Zigaretten später – es steht nirgends geschrieben, dass man eine Zigarette immer zu Ende rauchen muss – stehen wir vor dem Zimmer im zweiten Stock. Der Schlächter wirft einen fragenden Blick auf den Topf neben sich, in dem ein mageres Gummibäumchen ein paar wenige Blätter Richtung Sonnenlicht streckt. Dann drückt er seine Zigarette an der dicken Sohle seines Schuhs aus und stopft den Stummel in die Hosentasche.
«Ich möchte nur wissen, was ...», beginne ich, aber der Schlächter

unterbricht mich mit einer entspannten Handbewegung, tritt in das Zimmer, öffnet Schrank für Schrank, blickt bis in die hintersten Ecken der Regale, fährt andächtig mit Zeigefinger und Mittelfinger über den glänzenden Spültrog.
Ob er sich das restliche Haus auch ansehen dürfe, fragt er schließlich. Also gehe ich hinter ihm her über Treppen und Flure. Der Schlächter schweigt. Nur einmal dreht er sich zu mir um. «So habe ich es mir vorgestellt», sagt er lächelnd.
Plötzlich mag ich ihn nicht mehr Schlächter nennen und frage ihn, was eigentlich sein Beruf sei. «Schlachtmeister? Metzger?»
«Ich bin nur eine einfache Putze», sagt er. «Die Schlächter machen die Drecksarbeit.»
Als wir in die Eingangshalle zurückkehren, bedankt er sich bei mir. Und möchte gehen.
Er will wirklich gehen. Ich muss fast lachen bei der Vorstellung, dass ich diese Führung veranstaltet habe, jedoch keinen Schritt weiter gekommen bin. Entschlossen packe ich seine muskulösen Arme, werde ihn nicht loslassen, bis ich mehr weiß. «Was bitte hat Alice im Schlachthaus gemacht?»
Er mustert mich von oben bis unten. «Sie hat sich Schweinedärme besorgt. Gute Kundin.» Die nächste Zigarette wandert in seinen Mund. «Und du bist jetzt das neue Därmchen?»

Paul

«Schweinedärme? Wozu brauchte Alice Schweinedärme?»
«Keine Ahnung», sage ich zu Paul.

«Der Typ hat nur mit den Achseln gezuckt. Dann ist er gegangen. Er glaubt aber, dass ich künftig bei ihm einkaufen werde.»
Paul klopft sanft mit seiner Faust auf meine Stirn. «Geht das wirklich nicht in deinen Schädel? Man muss nicht alle Geheimnisse kennen.»
Ich kann ihm nicht erklären, warum ich es wissen will.

Tom

«Schweinedärme? Wozu brauchte Alice Schweinedärme?»
«Keine Ahnung», sage ich zu Tom.

«Der Typ hat nur mit den Achseln gezuckt, dann ist er gegangen. Er glaubt aber, dass ich künftig bei ihm – Tom, hörst du mir eigentlich noch zu?»
Tom hat sich über sein Handy gebeugt und beginnt plötzlich zu grinsen.
«Sieht aus wie Spaghetti», sagt Tom. «Man kann die billig im Internet besorgen. Muss nicht unbedingt ins Schlachthaus deswegen. Na ja, wenn man sonst keine sozialen Kontakte pflegt, dann tut es auch das Schlachthaus, aber …»
«Spaghetti?», frage ich.
«Schweinedärme», sagt er.

Netz

Rosig, durchsichtig, blass, weiß, gräulich, durchblutet. Schweinedärme werden vorwiegend aus der Volksrepublik China importiert. Für die Weiterverarbeitung werden Dünn- und Krausedarm sowie das Fettende und die Schweinebutte verwendet. Der chinesische Schweinedarm ist aufgrund seiner festen Struktur der am meisten verarbeitete. Därme werden verwendet für Bratwürste, Schüblig, Saucisson (Schweinekrause), Boutfas (Schweinebutte), Bauernrohwurst und Landjäger. Lieferbar sind sie in den Kalibern von unter 26 mm bis über 40 mm in Hanks à 100 Yards. Transportiert werden sie in Dosen, Eimern, Fässern, füllfertig, gesalzen oder auf Hard- und Softtubes. Schweinedärme, langzügig, füllfest, angeboten in gleichbleibender Spitzenqualität.

*

«Einen wunderschoenen Morgen liebe Wurstler
Ich sitz hier grad um 6 Uhr am Rechner und mein Maedchen hat mir Schweinedarm vom Markt mitgebracht (den duennen, fuer Bratwurst) und sagt, es gaebe keinen fertig geputzten mehr. Jetzt hab ich so ein Gebilde, das ist irgendwie eher dick und muskuloes, und wird schlangenfoermig von einer fetten Haut zusammengehalten. Kann hier irgendjemand bitte bitte mal moeglichst genau beschreiben, wie man Daerme richtig putzt, so dass sie fuellfertig werden? Das duerfte sicher auch andere interessieren, die nicht mal so eben schnell per Versand an Wursthuelle kommen koennen. Vielen Dank schon mal im Voraus.
Bert»
«Hallo Bert. Ist nicht lustig und auch anstrengend. Wenn es denn Dünndarm ist, mit dem Darmfett, Nicker genannt, dann wie folgt: In eine Hand das Darmfett halten und mit der anderen den Darm. Nun vorsichtig stückweise den Nicker abreißen. Das restliche Fett mit dem Messerrücken abstreifen. Nun den Darm wenden, hälfteln und den Dreck abstreifen.
Anschließend in eine Schüssel mit handwarmen Wasser. Wieder säubern, dann den Darm mit warmen Wasser füllen, in die linke Hand nehmen und mit einem Teelöffelstiel das Wasser rausdrücken und dabei den Schleim entfernen. Stückweise bis er gänzlich sauber ist. Wieder wenden, nun noch spülen und fertig ist die Laube, der Darm. Ist eine Sauarbeit.
Gruß Jürgen.»

*

Schweinedärmeversand. Die Preisangaben im Netz basieren auf einer nicht mehr aktuellen Kalkulation. Man soll den Aktions-Tagespreis doch bitte telefonisch anfragen.

Ich wusste, dass jedes Schwein käuflich ist.
Aber Schweinedärme?

Tom

Tom hat sein Handy weggelegt und stattdessen meinen Rechner in Fahrt gebracht. Das Licht des Bildschirms flackert auf seinem Gesicht.
«Paul findet, dass man Geheimnisse ruhen lassen soll», beginne ich.
«Nicht das hier», sagt Tom, der plötzlich laut zu lachen beginnt. «Wusstest du, dass man im Mittelalter mit Schweinedärmen verhütet hat?»

Unsere Gesichter im Schein des Bildschirms, Hammeldärme, Schafsdärme, Schweinedärme. Auch Casanova wusste sie zu schätzen und schützte sich mit den English Overcoats.

«Holla die Waldfee. Vielleicht hat Alice in Handarbeit Retro-Kondome hergestellt», sagt Tom.
«Sicher», sage ich.
Ich nenne das Geheimnis ab sofort Rätsel und vermache dieses Rätsel Tom. Denn Toms Gesicht leuchtet, und das nicht nur wegen dem Bildschirm.
Er braucht es mehr als ich.
Am nächsten Morgen will Tom schon vor dem Frühstück in den zweiten Stock und verlässt danach wortlos das Haus.
Ich denke, ich werde so schnell nichts von Tom hören. Er wird mir fehlen.
Ich hoffe, es wird ihm gut gehen.
Ich hoffe aber auch, dass ihm die Schweinedärme auf dem Magen liegen werden.

Isabelle

Isabelles Wangen sind gerötet. Ihre Haut ist glatt und rosig, trotzdem sieht sie müde aus. Ich habe sie schon lange nicht mehr richtig angesehen. Ob sie zu viel arbeite, frage ich sie, als sie sich im Café neben mich setzt.

Sie winkt ab. «Ich habe noch nie zu viel gearbeitet. Aber ich bin gut darin, es so aussehen zu lassen», versucht sie zu scherzen.
«Was ist denn los? Hat es mit mir zu tun?»
«Nein, ich freue mich, dass du dich mal bei mir gemeldet hast. Sonst ist es ja immer umgekehrt.»
Wir sind wieder am selben Punkt, an dem wir uns getrennt haben. So wie man sich halt trennen kann als beste Freundin von der besten Freundin, nämlich gar nicht.
«Entschuldige», sagt Isabelle, «ich freue mich wirklich.»
«Kein Problem. Ein Baileys?»
«Nur einen Kaffee. Du findest ja, ich sehe schon zu müde aus.»
Ich erzähle ihr von den Schweinedärmen und von Tom, der sich mit meinem Rätsel aus dem Staub gemacht hat, und Isabelle fragt, ob ich ihn mit den Schweinedärmen nicht eher verjagt hätte.

«Haben sich attraktive Frauen nicht immer mit Geheimnissen umgeben?»
«Also ich kann mir erotischeres als Schweinedärme vorstellen», sagt Isabelle.
Ich überlege. «Nein, ich eigentlich nicht.»
Isabelle lacht. Endlich.

«Und wie geht es deinem Mann? Keine Sondergrüße für mich?»
«Doch, er lässt ausrichten, dass du dich besser um mich kümmern sollst. Aber da wir grad beim Thema sind: Ist das nicht der große traurige Mann da drüben?»

Oliver

Er sitzt in der gleichen Ecke wie beim letzten Mal, stützt den Kopf in die Hände, die Haare fallen über seine Stirn, verdecken fast die traurigen Augen. Sein Blick ist auf den Boden seines Glases gerichtet.
«Geh nur. Ich muss auch wieder los», sagt Isabelle.

Also setze ich mich an Olivers Tisch. Kurz blickt er auf, lange wechseln wir kein Wort.
«Ich bringe dich nach Hause», sage ich schließlich.
Die Nächte sind hell in meiner Stadt. Ich kenne sie gut, meine Stadt. Es gibt ganze Straßenzüge mit Wohnungen, die Pia Leichenkäfer befreit hat vom Tod und von jeglichen Spuren des Lebens.
Vor Olivers Wohnblock halte ich an. Doch in keinem der vielen Fenster brennt ein Licht, und er steigt nicht aus.
«Oliver?»
Seine Augen sind geschlossen, und ich betrachte seine Hände, die mit der Innenfläche nach oben auf seinen Oberschenkeln liegen.
«Wir sind da, Oliver.» Ich fasse ihn an der Schulter.
«Ich lebe nicht mehr hier», sagt er mit kaum hörbarer Stimme.
Jetzt bemerke ich erst sein dreckiges Hemd und die speckigen Jeans.

Janina

Janina. Blutgerinnsel.

«Nur die Kleider und Bücher», wiederhole ich leise meinen Auftrag, als ich meinen Blick durch das winzige Zimmer streifen lasse. Ich fische als Erstes eine pinke Federboa aus der Schublade, halte sie unschlüssig in der Hand. Rosa Stringtangas, die in meiner geschlossenen Faust Platz haben. Kleidersammlung? Die neongelben fingerlosen Netzhandschuhe? Ich lasse sie in der Plastiktüte verschwinden. Accessoires, überall Janinas Accessoires. «Assss-Eeeees-Uuarrrrs», sage ich vor mich hin, «As. Es. O. Ires.»
«Was?», ruft Janinas Vater aus der Küche. Es klingt gereizt.
«Nichts. Entschuldigung.»
Hüte. Plateauschuhe. Ein bauchiges Glas voller farbiger Feuerzeuge. Ein Studentenführer, versehen mit Eselsohren, Bücher über Psychologie.
Ich ziehe einen Karton aus dem Regal, auf dem in geschwungenen

Buchstaben «No dings, no fun!» steht. Im Karton liegen Kondome und Janinas Bibliotheksausweis. Ich lege den Ausweis auf den Stapel Bücher.

Eine Stunde später klopfe ich an die geöffnete Küchentür. «Ich bin fertig mit meiner Arbeit. Habe ich Sie richtig verstanden? Sie wollen, dass ich nur die Bücher und Kleider mitnehme?»

Der Vater fixiert den Bildschirm, der vor ihm auf dem Küchentisch steht. «Setzen Sie sich!»

Langsam dreht er den Laptop zu mir. Auf dem Bild ein junges Mädchen im Bikini, das auf einem Barhocker sitzt. Es streckt dem Fotografen seine spitze Zunge entgegen, als würde es ihn damit zu sich winken. Ein Junge mit schwarzen Locken fasst ihr grinsend unter das Bikinioberteil und ein Mann in Shorts kippt lachend sein Bier über ihre Beine.

«Es ist nicht das einzige Bild dieser Art», sagt der Vater, «und ich kann nichts tun.»

Es klingelt und ich springe auf. «Ich geh schon.»

Der Junge an der Haustür scheint erleichtert, als er mich sieht. «Hören Sie, ich kann nichts tun», beginnt auch er leise zu stammeln, doch ich schaue ihn nur fragend an, und er geht mit hängenden Schultern an mir vorbei.

«Ich habe es Ihnen schon erklärt», sagt der Junge nach einem kurzen Blick auf den Bildschirm, «ich kann Ihnen nicht helfen.»

«Aber es muss doch möglich sein.» Janinas Vater zeigt mit schlaffer Geste auf den Bildschirm.

«Ich brauche das Passwort. Sonst geht gar nix.» Der Junge starrt angespannt vor sich auf den Boden.

«Ich will diese Bilder meiner Tochter nicht mehr sehen. Diese Bilder sind …», beginnt der Vater, dann versagt seine Stimme.

«Das ist nicht so einfach», stammelt der Junge. «Sonst könnte ja jeder, ich meine, ich weiß gar nicht, warum ich vorbei gekommen bin, ich kann wirklich nichts tun.» Er zuckt mit den Achseln. «Janina war … ich meine», seine Stimme wird heiser, «sie war … ganz nett …»

Als der Junge gegangen ist, schaut Janinas Vater wieder auf den Bildschirm. «Sind Sie auch dabei?», fragt er mich.
Ich schüttle den Kopf.
«Social Network. Dass ich nicht lache.» Der Vater seufzt. «Ist es etwa sozial, wenn man einen Menschen nicht sterben lässt?»

Janina:
Ewiges Leben im Netz

Agneta

Agneta. Leberzirrhose.

Er sei der Bruder. Der Mann hält ein Dia in der linken Hand, als er die Wohnungstür öffnet. Ich folge ihm in die Küche, zur Eckbank. Auf dem Boden stehen Kartonschachteln, darauf in verschnörkelter Schrift *«Fotografien und Dias 1965», «Fotografien und Dias 1966», «Fotos 1967», «Fotos 1979 bis 1983»*. Der Bruder weist mich an, am dunklen Holztisch Platz zu nehmen. Vor ihm liegt ein Stapel Dias.
Angestrengt starrt er auf ein Dia, hält es gegen das Küchenfenster, lässt den Arm sinken und schiebt es mir über den Tisch hinweg zu.
«Da wollte sie unbedingt nochmal hin. Mit mir.»
Ich halte das Dia hoch, blinzle gegen das Sonnenlicht. Auch die Frau auf dem Bild hat die Augen zusammengekniffen und schaut mich an. Wir betrachten uns aufmerksam. Sie trägt ein schwarzes Stirnband und eine Hochsteckfrisur. Ihre Sonnenbrille mit den großen runden Gläsern hält sie in der einen Hand, während sie die andere Hand als Schutz über ihre Augen hält. Hinter ihr sticht ein Schloss seine spitzen Türmchen in den meerblauen Himmel.

«Schloss Neuschwanstein», sagt der Bruder. «Verdammt nochmal. Was soll ich da?»

Ich höre die Küchenuhr ticken. Plötzlich steht er ruckartig auf und wirft das Dia auf den Tisch. «Für meine Bilder interessiert sich ja auch kein Schwein.»

Agneta:
Isola Bella
Insel Mainau
Paris
Mönchengladbach
Cornwall
Heidelberg
Neuschwanstein

Anwalt

«Weißt du, dass ich gerne zum Kuchenessen gekommen wäre?», sagt Alices Anwalt, als wir am Küchentisch sitzen, und ich im Garten eine kleine Palme entdecke, die sich erfolgreich durch Ranken von Efeu ans Licht gekämpft hat.
«Kuchen?»
«Mit Alice. Am 7. Juli.»
«Warst du denn eingeladen?», frage ich vorsichtig.
«Sie dachte vielleicht, dass ich zu viel zu tun hätte.»
Bevor Alices Anwalt die Teetasse zu sich nimmt, muss er seinen Arm ruckhaft in die Höhe strecken und etwas schütteln. Nur so kann er trotz seines riesigen roten Pullovers seine Hand frei bekommen, um den Henkel der Tasse zu greifen. Ich kann ihn mir nicht vorstellen, wie er vor Gericht steht und für die Rechte eines Mandanten kämpft.

Aber ich kann mir vieles nicht vorstellen.

*

Im Türrahmen steht ein großer halbnackter Mann.
«Es gibt kein warmes Wasser mehr», sagt er.
Schaumkronen auf seinen nassen Haaren, ein Badetuch flüchtig um seine Hüften gebunden, tropfend. Um seine Füße herum breitet sich eine Pfütze aus.
Wir betrachten den Mann und schweigen.
«Ich hab verstanden. Ich kümmere mich selber darum», sagt dieser und schließt die Tür hinter sich.
«Wer war das denn?», fragt Alices Anwalt.
«Oliver», sage ich. «Er wohnt ein paar Tage hier.»
«Du lässt auch jeden hier wohnen.»
«Allerdings», sage ich und ziehe lachend eine Augenbraue hoch.
«Bin ich eigentlich der einzige, mit dem du nicht schläfst?»
Ich verschlucke mich fast.
Er scheint die Frage schon zu bereuen. «Entschuldige, es ist ja auch in Ordnung so. Ich wollte damit gar nicht sagen, dass ich es wollen würde, ich meine …»
«Ja, ich denke, es ist so in Ordnung», helfe ich ihm, schäme mich überhaupt nicht, es gut zu finden, wie er trotzdem noch auf seinem Stuhl hin und her rutscht, und entscheide mich für einen Gegenschlag. «Alice hat ja gesagt, du seist ein ziemlich mieser …» Und ich lege eine kurze Pause ein, beobachte, wie sein Kiefer wie in Zeitlupe auf seine Brust hinuntersackt – «… Klavierspieler.»
Ich höre deutlich, wie er aufatmet.
«Stimmt das? Spielst du wirklich so mies?»
Er lächelt. «Weißt du, ich habe schon lange nicht mehr …», und hier legt er eine Pause ein, schaut mich feixend an, «Klavier gespielt, meine ich. Ich habe echt schon lange nicht mehr Klavier gespielt.»
Er schenkt mir Kaffee nach, gießt einen halben Deziliter Milch dazu, lässt einundhalb Löffel Zucker in meine Tasse rieseln. Als ich nicke, macht er ein zufriedenes Gesicht.

Auf einmal breitet sich das Lächeln der Erkenntnis in seinem Gesicht aus. «Lass uns den Flügel wieder nach Hause holen, Pia.»

*

Ich schlafe nicht mit Oliver.
Ich erinnere mich an die Nacht, als ich zu Alice flüchtete und sie mich, als ich eingeschlafen war, mit einem Leinentuch zudeckte. Als ich auf ihrem Sofa schlafen durfte. In diesem Haus. Wie ich mich tief unter dem Stoff verkrochen habe, obwohl mir kein bisschen kalt war.

Ich habe das Tuch vor ein paar Tagen Oliver ins Zimmer gelegt. Ein Leinentuch ist, wie ich heute weiß, nicht unbedingt auch ein Leichentuch.

IV

Menschenfänger

Alices Haus ist ein Menschenfänger.
Ich wohne hier.
Alices Anwalt.
Oliver.

Es steht immer frischer Saft im Kühlschrank, im Körbchen liegt Brot und auf dem Küchentisch die Zeitung. Und jemand hat das windschiefe rote Gartenhäuschen frisch gestrichen.
Nun steht der Anwalt mit Oliver vor einer Hecke im Garten. Ich beobachte sie schon seit geraumer Zeit durch das Küchenfenster. Der Anwalt hat eine Gartenschere in die Gesäßtasche gesteckt. Mir fällt ein, dass ich ihm erzählt habe, wie Alice über den Wald gesprochen hatte. Dass sich der Wald nach und nach die Wiese unter den Nagel reißt und sich dann das ganze Haus holen wird. Der Anwalt will sich offensichtlich nützlich machen.
Eben streckt er einen Arm aus, verdeckt mit der flachen Hand einen Teil seines Blickfelds, streckt den Daumen im Neunziggradwinkel gegen den Boden. Oliver daneben zeichnet mit beiden Armen einen runden Bogen in die Luft. Die beiden diskutieren lange. Bis der Anwalt schließlich die Gartenschere aus der Gesäßtasche nimmt, sie lässig mit dem Daumen öffnet, einen Schritt auf die Hecke zugeht, auf einmal den Kopf schüttelt, die Schere wieder schließt und in die Tasche zurückschiebt.
Ich öffne das Fenster.
Ein Obstbaum sei perfekt geschnitten, wenn man einen Hut durch ihn hindurchwerfen könne, sagt der Anwalt.
Dies sei aber eine Hecke, sagt Oliver.

«Hey, Ex-Mann von Alice», rufe ich, «wissen Sie vielleicht, was die Polka der sieben Kriegswitwen ist?»
«Müsste ich das wissen?»

Oliver

Tage später. Oliver hat die Tür zu meinem Zimmer geöffnet, das sonst immer verschlossen ist. Jetzt verharrt er mitten im Raum, mit dem Rücken zu mir. Und ich wage kaum zu atmen.
Jeder hat einen Raum wie diesen, versuche ich mich zu beruhigen, während ich still im Flur vor der offenen Tür stehen bleibe und Oliver nicht aus den Augen lasse.
Die Kastanie in Olivers Hand glänzt im Sonnenlicht. Er nimmt den Stapel Fotos auf, betrachtet zwei, drei davon, legt die Bilder wieder zurück aufs Fensterbrett.
Er dreht sich hin zur Kommode. Die drei Gartenscheren, der fingernagelkleine Seelöwe aus Holz, das Dia, das er jetzt einen Moment lang gegen das Licht hält. Der Stadtanzeiger, das weiße Hemd, die Zigarettenschachteln.
Gleich wird er ihn entdecken.
Es fröstelt mich.
Noch einen Schritt nach rechts, eine halbe Umdrehung des Kopfes. Noch zittern nur die klitzekleinen Federchen der pinken Federboa unter Olivers Fingern, die behutsam über Janinas Outfit streichen. Noch ruhen Olivers Augen auf dem kleinen Geweih, das einst das Köpfchen eines kleinen Rehbocks schmückte.

Ein Beben geht durch Olivers Körper, als er den Stoffhasen entdeckt.
Den Stoffhasen von Suzette oder Fabian.

Anwalt

«Pia, warum nennst du mich eigentlich Ex-Mann von Alice?»
Na stimmt doch, möchte ich sagen, doch ich stottere herum, weil ich gerade an Oliver denke, der noch oben in meinem Zimmer ist. Als Oliver den Stoffhasen in die Hand genommen hat, den Hasen von Suzette oder Fabian, habe ich mich umgedreht und bin hierher in die Küche geeilt.
«Ich mag das», sagt der Anwalt.
«Was denn?», frage ich verwirrt.
«Ich mag es, dass du mich so nennst.»
Ich muss lächeln und seine Wangen streicheln.

Schwindel

Ich sehe das Fenster, die Bäume, die Tür, das Bild, das Sofa. Fenster, Bäume, Tür, Bild, Sofa, Fenster, Bäume, Tür, Bild, Sofa, Fenster, Bäume, Oliver, Fenster, Bäume, Oliver, Tom, Paul, Bild, Sofa …
«Pia?»
Ich liebe den leichten Schwindel jeden Abend auf Alices Bürostuhl. Die Welt aus eigener Kraft durchschütteln und danach wieder zum Stillstand bringen.
«Pia?»
Wie jetzt. Raum und Zeit stehen wieder still. Nur Oliver vibriert vor meinen Augen.
Oliver steht in der Tür und streckt mir behutsam den Stoffhasen entgegen. Wortlos fragt er, ob er ihn mitnehmen darf.
Ich weiß nun, dass sie damals alles weggeworfen haben.
Oliver dreht sich um und geht. Mit dem Stoffhasen in der Hand sieht er von hinten aus wie ein zu groß geratener Junge.
Jetzt bin ich sicher. Das Kind wäre nicht eine Suzette, es wäre ein Fabian geworden. Und Fabian hätte den gleichen leicht hüpfenden Gang wie sein Vater gehabt.

Jesko

Jesko. Todesursache unbekannt.

Ein gedeckter wackeliger Campingtisch. Im 7. Stock. Ich räume Jeskos Mittagessen in die Küche, stelle den Teller mit Couscous und Gemüsesauce zuerst in die Spüle, dann, nach einem Blick durch die Glastür, auf den Boden des Balkons. Sofort machen sich ein halbes Dutzend Spatzen über den Teller her. Sie beachten mich nicht, als ich mich über die Brüstung aus Beton beuge, um auf das Kopfsteinpflaster hinunterzuschauen.
«Pass auf! Nicht dass es dir wie Jesko geht», höre ich eine Stimme vom Nebenbalkon. Erschrocken mache ich zwei Schritte zurück. Tief in einem ausgebleichten Stoffsessel liegt ein schlanker dunkelhäutiger Mann.
«Ich wusste gar nicht ... Ist er hier hinuntergestürzt?» Meine Beine fühlen sich plötzlich wie Gummi an.
Jeskos Nachbar legt den Tabak, den er zwischen den Fingern hält, auf dünnes Papier. Er rollt das Ganze behutsam zwischen Daumen und Zeigefinger zu einer dünnen Zigarette. «Nein, ist er nicht. Aber er hat auf andere herabgeschaut. Niemand hat einen berechtigten Grund, sich über andere zu erheben.»
Er inhaliert mit sichtlichem Genuss und blinzelt in die Sonne. «Es passte zu seinem Namen. Jesko heißt der Mutige und der Stolze. Wir haben oft darüber gesprochen, woher sein Stolz kam.» Er nimmt einen weiteren Zug, während sich das Dach des Hochhauses langsam vor die Sonne schiebt.
«Ich habe einen Freund, der heißt Rauf», erzählt er weiter, so als käme ich jeden Tag für einen Schwatz auf Jeskos Balkon. «Raufs Name bedeutet glücklicher, freudiger Tag. Eigentlich ganz einfach, nicht? Aber für ihn?» Er hält kurz inne und zieht an seiner Zigarette. «Große Erwartungen auf zu schmalen Schultern», sagt er und presst seine Lippen zu einem schmalen Schlitz.
Ich stelle mir Raufs Mutter und Vater vor. Wie sie vor dem Bett-

chen ihres Sohnes stehen und Tag für Tag von seiner Fröhlichkeit und dem Glück kosten, und wie Rauf älter wird und seinem Namen gerecht werden will. Er ist zuständig für Glück und Freude.
«Jesko sollte jetzt lieber Gökalp heißen», unterbricht der Nachbar meine Gedanken.
«Gökalp?»
«Eroberer des Himmels.»
«Sind Sie Namensforscher?»
«Jesko hat sich auch dafür interessiert.» Er schließt die Augen für einen Moment, und vielleicht zittern seine Mundwinkel ein wenig. «Letzten Montagabend haben sie ihm die Kündigung auf den Tisch gelegt. Dem stolzen Jesko. Sie hätten ihn auch gleich vor den Zug werfen können.»
«Zeki!», ruft eine sanfte Frauenstimme aus seiner Wohnung.
«Ich bin Zeki», sagt er zu mir gewandt und zeigt auch noch mit dem Daumen auf sich.
Ich schaue ihn erwartungsvoll an.
«Der Aufgeweckte, der Geistreiche und Kluge», erklärt er.
Ich nicke anerkennend.
Er lächelt als Dank. «Ich kann nicht klagen. Aber mein Sohn hat den wertvollsten Namen. Er heißt Nadir. Nadir, der Seltene.»
«Zeki?» Eine Frau mit einem Lächeln im Gesicht erscheint auf dem Balkon, ein dunkelhäutiger Säugling im einen, ein weiß-blau gestreiftes Hemd im anderen Arm. «Du wolltest deine Hemden selber bügeln», sagt sie, legt das Hemd auf Zekis Schulter, beugt sich hinunter, um seinen Hals zu küssen, während er die Augen schließt und «Galotschka» flüstert. Als sie wieder hinein geht und Zeki, der mich für einen Moment vergessen hat, meinem Blick begegnet, sagt er fast ein wenig verlegen: «Galina. Das ist Galina. Ihr Name steht für Ruhe, Stille und Frieden.» Er zieht das zerknitterte Hemd von seiner Schulter. «Und wenn das mit dem Frieden so bleiben soll, dann mach ich mich jetzt besser an die Arbeit. Das Büro ruft.»
Er zuckt mit den Achseln. Die Sonne ist sowieso weg, soll das heißen. «Ach, und wie ist dein Name?»

Jesko:
Ein Glas mit eingetrocknetem Orangensaft

Paul

«Pia bedeutet die Pflichtgetreue», sage ich zu Paul und unterschlage dabei ohne schlechtes Gewissen, dass es auch «die Fromme» heißt.
«Es ist also nur ein Pflichtgefühl von dir, mir hier zu helfen?»
«Das ist keine Pflicht», sage ich, «das ist mein Recht.»

Wir sind in Henrys Wohnung und wollen aufräumen.
So hat es Paul gesagt. Aufräumen. Das Wort Wegwerfen hat er nicht in den Mund genommen.

Henrys Leben ist auch Pauls Leben.

*

Es ist wie bei einer feierlichen Zeremonie.
Ich berühre die Sachen des Vaters, nehme sie in meine Hand, schaue sie mir an, öffne sie, blättere sie durch, schüttle sie, streichle sie, schaue hinein, schalte sie ein, schalte sie aus, lege sie zurück, ergreife sie nochmal, halte sie an meine Wangen, wiege sie in der Hand, rieche daran.

Paul schaut mir dabei zu.

«Paul, es bedeutet mir viel, dass ich das hier machen darf», versuche ich ihm zu erklären.
Paul nickt. Doch er hat keine Ahnung.

*

Ich habe Henry ein einziges Mal in meinem Leben gesehen. Trotzdem fehlt er mir.
Ich möchte mich auf sein Bett setzen, mit ihm die Briefe lesen.

Er soll von Emma erzählen.
Von Pauls Mutter.
Und von Paul.

Ich sehne mich nach meinem Vater.
Und meiner Mutter.

*

Ein einziges Mal, sagt Paul. Ein Mal hätte Henry ihn, Paul, und seine Mutter gleichzeitig in den Arm genommen. Hier auf dem Bett.
Sein Vater habe ihnen irgendeine Geschichte erzählt. Doch der kleine Paul hört kein Wort. «Ich habe Mutters Hand gespürt. Und Vaters Arme. Sie waren so fremd und mächtig. Ich habe die Augen geschlossen und den Atem angehalten. Kein einziges seiner Worte habe ich verstanden. Sie hätten mich nur abgelenkt.»
Wer nicht hören will, darf fühlen.
Jetzt legt sich Paul auf Henrys Bett und lächelt. «Ich weiß nicht mehr, wer verbissener um die Zärtlichkeit und die Aufmerksamkeit von Henry gekämpft hat. Meine Mutter oder ich.»

*

Henry war der Vater, der alles erklärt, Paul der Sohn, der alles fragt. Paul fragte als Dreijähriger, als Neunjähriger, mit sechzehn, als Achtzehnjähriger und auch noch mit zwanzig Jahren.
Paul wusste, dass sein Vater sich über sein Interesse für alles freute. Sobald Paul aufhörte zu fragen, wandte sich Henry wieder von ihm ab. «Also fragte ich. Warum, warum, warum?»

«Auch so werden Philosophen geboren», versuche ich ihn zu trösten.

*

«Pia heißt also die Pflichtgetreue. Hast du noch andere Namen nachgeschlagen?»
Ich zögere. «Paul heißt der Kleine, der Geringe.»
«Der Geringe. Ja, natürlich», sagt Paul, und wie er so da steht, mit hängenden Schultern, inmitten der Sachen seines Vaters, unter seinem Vater, zwischen Vater und Mutter, neben seiner Mutter, hinter Vater, hinter Mutter. Hinter Emma. Ich will mich augenblicklich entschuldigen, mir mit Wucht die Kristallvase an meine Stirn knallen, ich, mit meinen Namensforschungen, versetze Paul also noch den letzten Stoß.
Doch Paul? Der lächelt mich nur schräg an. «Du hast also die Bedeutung meines Namens nachgeschaut? Wie ausgesprochen süß von dir.»

*

Henrys Briefe an Emma. Paul legt sie vor mir auf den Tisch.
Ich ziehe Henrys ersten Brief an Emma hervor.
«Ich lese ihn dir jetzt vor», sage ich.
«Wird es helfen?», fragt Paul.
«Ich wäre froh, ich hätte nur einen einzigen Brief meines Vaters.»
Paul streichelt meine Wange. «Pia, ich kenne die Briefe, das weißt du. Jetzt behauptest du wohl noch, dass aus den Briefen keine Verachtung für meine Mutter spricht.»
«Nur reine Zuneigung. Von einem Menschen für einen anderen Menschen.»

Paul sieht mich skeptisch an. Schließlich nickt er.

«*Meine Emma, meine Wundersame ...*», beginne ich.
Paul gibt ein verächtliches Schnauben von sich. «Wie kann man einen Brief nur so anfangen.»
«Und was würdest du schreiben?»
Paul legt seine Hand über den Brief: «Hey Pia, meine verrückte Kaulquappe.»

Ich muss lachen, streiche das Briefpapier glatt und lese weiter: «*Ich kann Dich noch riechen. Du bist noch hier ...*»
«Fürwahr, du bist noch hier», sagt Paul pathetisch.
Ich tappe ihn auf die Stirn.

«*Obwohl Du schon zu Hause sein müsstest. Bist Du angekommen ...?*»
«Und du, Pia?», fragt mich Paul. «Bist du angekommen?»

Ich versuche, die richtige Zeile zu finden, doch die Buchstaben hüpfen vor mir auf und ab. «*Ich weiß nicht mal, ob Dich mein Brief erreicht. Emma, wie machst Du es, dass Dein Körper so unglaublich gut riecht? Dies wollte ich Dich noch fragen und so viel mehr.*»

Paul steckt seine Nase hinter meine Ohren und atmet tief ein.

«*Ich bin ganz im Taumel, weiß nicht, wohin mit meinen Gefühlen und meinen Händen.*»

Paul nimmt mir den Brief aus der Hand. «Kein Taumel, Pia, wenn ich an dich denke. Kein Taumel. Meine Hände wissen, dass sie dich berühren werden. Bald berühren. Wieder berühren. Immer und wieder berühren.» Pauls Hand gleitet hinter meinen Nacken.

«*Seit Du nicht mehr ...*»
«Pia?»
«Nur noch dies hier», sage ich bestimmt. «*Ich weiß nicht, warum. Ich kann Dich nicht träumen. Komm zu mir, Emma. Ich brauche Dich ...*»

«... *Ich brauche Dich hier bei mir für diesen Traum und für alle Träume*», beendet Paul Henrys Brief.

Paul kennt jedes einzelne Wort des Briefes.

*

Als ich erwache, liege ich in Pauls Armen.
Ich winde mich vorsichtig aus seiner Liebkosung.
Dann nehme ich ihn fest in meine Arme.

*

Pauls ausgeprägte Wangenknochen in seinem blassen Gesicht, die tiefen Kuhlen unter seinen Augen, sein zerzauster dunkler Haarschopf zwischen meinen Fingern.
Sich in meinen Armen umdrehend, fragt er murmelnd: «Was ist eigentlich mit diesem Tom?»
Ich streiche mit meinem Zeigefinger Pauls Augenbrauen glatt.
«Tom ist in mein Leben gehüpft und hüpft da irgendwann wieder raus. Und was ist mit dir?»
Pauls entspannte Mundwinkel, seine gleichmäßigen Atemzüge.
Mit einem Lächeln im Gesicht schläft er wieder ein.

*

«Ich fahre.»
Ich stehe mit meiner Tasche in der Tür und blicke in Henrys Wohnung.
Wir haben jeden Gegenstand, den wir angefasst haben, wieder an seinen Ort zurückgestellt.
Paul hat erzählt und ich habe zugehört.
Jedes Teil wurde berührt. Wie noch nie in seinem Leben.

Irene

Irene. Diabetes.

Mein Oberkörper verschwindet im dunklen Holzschrank.
«Die Frauensachen bitte in den großen Sack. Die Männerkleider bitte falten und in die Umzugsschachteln legen.»
Ich nicke.

Die Frau, die mir Anweisungen gibt, hat eine Hand auf ihren kugelrunden Bauch gelegt. Sie setzt sich schwerfällig auf das erhöhte Doppelbett mit dem gehäkelten Überwurf, streift sich die Haare aus der Stirn. Unter ihren Achseln haben sich große Schweißflecken gebildet. Der Sommerrock, den sie über Stretchhosen trägt, spannt in Bauchhöhe. «Ich sollte das wirklich nicht mehr machen», sagt sie. Als sie aufstehen will, versinkt ihre Hand weiter im Kissen.
«Setzen!», sage ich.
Sie lässt sich zurück aufs Bett fallen, schließt kurz die Augen, öffnet sie wieder und ruft in den Nebenraum: «Papilein, willst du nicht mal was essen?»
Papilein schweigt. Nachmittagsfernsehen im Wohnzimmer.
Die Tochter spielt gedankenverloren mit einem einzelnen schwarzen Strumpf. «Wir haben vor Jahren besprochen, dass er ins Heim geht, wenn die Mama mal nicht mehr da ist.» Sie wirft einen Blick ins Wohnzimmer und ruft: «Das haben wir doch, nicht Papilein?»
Papilein schweigt.
«Er kann sich ja nicht mal allein ein Ei kochen», sagt die Tochter leise und versucht wieder aufzustehen. Als ich es ihr verbieten will, zeigt sie auf ihren Bauch und verdreht die Augen: «Ich muss mal. Schon wieder.» In bleiernen Schritten schleppt sie ihren schweren Leib über den dicken Teppich, dreht sich noch einmal zu mir um. «Ich kann ihn nicht zu uns nehmen. Es geht einfach nicht.»

Im Wohnzimmer beugt sie sich von hinten über den Vater, der tief im Sessel sitzt, und drückt ihm einen Kuss auf die Stirn. «Papilein», sagt sie.
Papilein sagt nichts. Er wechselt den Sender.

Irene:
Papilein
Enkelkind

Paul

«Sie sind krumm», sagt Paul.
Er hat wieder mal vor meiner Tür gestanden, als hätten wir vereinbart, uns zu treffen. Und jetzt liegt er da. Und ich ziehe meine nackten Füße zurück unter meine Bettdecke.
«Ich meine das ja gar nicht böse. Aber deine großen Zehen sind krumm.»
Ich drehe mich zu Paul um. «Nur der rechte.»

Juliette

Juliette, Herzstillstand. Ich nenne es so.

Juliette öffnet wortlos die Tür, dreht sich um, und ich folge ihrem Rücken durch den langen Flur bis in die Küche.
Sie setzt sich vor ihr leeres Glas, richtet ihren Blick auf den Garten mit dem kahl gefressenen Buchsbaum.
Eine Weile Schweigen. Sie steht wieder auf. Ich gehe vor ihr durch den Flur, öffne die Haustür. Auf dem Treppenabsatz drehe ich mich um und sehe, wie Juliette hinter mir die Tür schließt.

«Tschüss, Mama», sage ich.

*

Doch auf der dritten Stufe von oben bleibe ich stehen. Ich schließe die Augen, suche mit der linken Hand die Bruchstelle auf dem Geländer, und bin froh, dass ich sie finde. Ich finde sie immer.
Ich überlege, wie lange meine Mutter jetzt schon tot ist. Ich war fünf, als sie Vater nach Hause trugen und er Stunden später im Ehebett starb.
Ich bekam Kuchen. Meine Mutter schrie. Ich bekam mehr Kuchen.
Sie starb am selben Tag. Herzstillstand. Ich nenne es so. Sie verschloss jedenfalls die Tür zum Schlafzimmer und betrat es bis heute nie mehr. Sie fand keine Worte für ihr Leid und auch keine mehr für ihr Kind.
Meine Mutter Juliette schläft seit ihrem Tod im Wohnzimmer auf dem Sofa. Ja, für so etwas haben Menschen auch Sofas.

*

Juliette öffnet wortlos die Tür, als ich nochmals klingle. «Ich habe etwas vergessen, Mama.» Ich gehe an ihr vorbei in die Küche.
Die runde Dose steht ganz oben. Ich angle sie vom Regal, lege zwei Geldscheine hinein und stelle das Gefäß zurück an seinen Platz. Schließlich strecke ich mich noch einmal und stelle die Dose auf das Regal darunter.
Ich glaube, meine Mama ist wieder kleiner geworden.

Paul

«Sie sind wirklich krumm», sagt Paul.
Heute erzähle ich Paul von Juliette.
Von Juliettes Herzstillstand am Tag, als mein Vater starb.
Von Juliettes verschlossener Tür.

Mit fünf interessierte ich mich noch nicht für das Zimmer. Nur immer bei meiner Mutter wollte ich sein. Monatelang schlief ich neben ihr auf dem Sofa, obwohl darauf kaum Platz war und sie kaum ein Wort mit mir sprach. Als ich älter wurde, saß ich stundenlang im Flur vor der elterlichen Schlafzimmertür. Ich bildete mir oft ein, dass sich mein Vater nur kurz hingelegt hätte. Ich bettelte darum, nur einen kurzen Blick in das Zimmer werfen zu können, doch meine Mutter gab mir keine Antwort, und die Tür blieb verschlossen. «Eines Tages machte mich das so wütend und traurig, dass ich die Tür eintrat. Seither hat sie ein Loch. Leider kein durchgehendes. Ich habe mir dabei meinen rechten großen Zeh gebrochen. Seither sieht er so aus.» Ich wackle mit meinem Zeh. «Weißt du, dass er einen Namen hat?»
Paul schüttelt den Kopf.
«Ich nenne ihn meinen Papa-Zeh.»
Paul legt sich ans Fußende des Bettes. Ich lasse ihn meine Zehen langsam unter der Decke hervorziehen.
Lange betrachtet er meine Füße, bis ich diese schon wieder wegziehen möchte. «So krumm ist er gar nicht, dein Papa-Zeh.» Paul grinst. «Ich habe mal eine Ballerina gekannt. Du hättest ihre Glieder sehen sollen, die sahen aus wie …»
«Paul, ich weiß nie, ob ich traurig oder wütend bin.»

Ich glaube, ich bin immer alles gleichzeitig. Vielleicht sogar ein wenig glücklich.

Tom

Tom ist gekommen. Im Klavierzimmer, in dem seit letzter Woche wieder der Flügel steht, öffnet er behutsam das Fenster zum Hof und lässt seinen Blick in die Ferne schweifen. Zwei Wochen lang habe ich nichts von ihm gehört.
Ich kann mich kaum zügeln vor lauter Neugier. «Und?»
Tom dreht sich zu mir um, fast in Zeitlupe. «Sie sehen nicht aus wie Spaghetti, nur auf den ersten Blick.»

«Du hast zwei Wochen gebraucht, um das herauszufinden?»
«Pia, ich mach das alles nicht für mich.»
Ich lache nur. Und setze mich auf den Boden, weil ich ihm die Freude machen will, wie ein erwartungsfrohes Kind zu ihm hinaufzublicken. Und weil ich erwartungsfroh bin. Und auch weil ich noch keine Möbel gekauft habe. Ich weiß immer noch nicht, wie ich hier in Alices Haus passe, geschweige denn, welche Stühle, Tische, Regale es tun. Was kann man anrichten mit einer falschen Anrichte, denke ich und merke, wie ich immer übermütiger werde. Doch er hat die Neuigkeiten, nicht ich. Nur die Ungeduld ist ganz auf meiner Seite – und deshalb gegen mich.
Tom holt tief Luft. «Weißt du, wie schwierig es ist, einem Menschen beizubringen, wie er Menschen operieren muss?»
«Ich kann es nur ahnen», sage ich, moduliere angemessenen Pathos in meiner Stimme und Bewunderung in mein Gesicht.

*

Tom sollte mich ignorieren. Wenn ich nicht mehr aufhören kann zu reden. Es passiert mir, wenn ich übermütig bin. Oder neugierig. Wenn ich müde bin und Restwörter loswerden muss. Wenn ich hungrig bin. Nach dem Sex, davor und manchmal auch währenddessen. «Einfach ignorieren», sage ich zu Tom. Also beginnt er mit seinem Vortrag.
Ich kann den Fachbegriffen, die mir um die Ohren fliegen, doch soweit folgen, dass ich sicher bin, dass sie aus dem Bereich der Medizin stammen und es sich nicht etwa um lateinische Pflanzennamen handelt. Mehr geht nicht.
«Und jetzt bitte noch für Laien.»
Tom lächelt. «Es ist verdammt schwer …»
«Das hatten wir schon.»
Toms Miene verfinstert sich. «Wenn du im Magen, den Därmen, im Arsch operiert …»
«Für Laien, nicht für Prolls.»

«… im After operiert werden solltest, wärst du froh, wenn dein Chirurg das vorher vielleicht mal geübt hätte, nicht wahr?»
«Ich wüsste es zu schätzen.»
«Der Oberarzt lässt seine angehenden Chirurgen aber vielleicht grad an dir üben.»
«Das wüsste ich weniger zu schätzen. Verdammt, mach es nicht so spannend.»
Tom holt nochmals tief Luft. «Alice hat Schweinedärme im Schlachthof geholt, sie so zu präparieren versucht, dass angehende Chirurgen damit komplizierte Eingriffe üben können.»
Ich schweige eine Weile. «Das ist besser als die hauseigene Produktion von Kondomen, versteh ich das richtig?»
«Ja, und auch besser als Würste selber stopfen.»
«Das ist, ich glaube, das ist fantastisch», sage ich und springe auf. Ich sehe meine heldenhafte Alice in kniehohem Blut durchs Schlachthaus waten und nächtelang Schweinedärme reinigen, ich sehe sie im zweiten Stock am Herumproben, wie sie die Därme haltbar macht und präpariert, wie sie sich Notizen macht, ich sehe sie … Ich sehe Tom. Wie er mich beobachtet und meinem Tanz der Gedanken wohl gleich ein Schienbein stellen wird.
«Weißt du, jemand ist Alice zuvorgekommen, ein Mann aus unserer Stadt. Engländer, feiner Kerl, hab ihn getroffen. Omar.»
Ich starre Tom an.
«Omar.»
«Na ja, er kam schon früher auf die Idee und hat es institutionalisiert. Dutzende von Studenten haben bereits geübt mit seinen Schweinedärmen. Die medizinische Fakultät hat ihn geehrt für seine innovative Idee.»
Ich weiß gar nicht mehr, was ich denken soll, und weil ich mich mit Formalem immer über jeden Hänger rette, frage ich ihn, wie er das alles herausgefunden hat. Und Tom, dieses eigenartige neue Lächeln im Gesicht, Tom erzählt, dass er Alices Spuren im Netz folgte, in Blogs und Foren landete, auf dem Veterinäramt war und mit meinem Schlächter sprach. «Es gibt grob gesagt zwei Sorten

von Medizinern. Die einen, die wollen abends ihren dicken Geldsack in den Kofferraum ihres Porsches hieven. Die anderen wollen doch tatsächlich den Menschen etwas Gutes tun oder interessieren sich sogar für das, was sie machen. Und die teilen ihr Wissen optimalerweise auch im Netz mit anderen Interessierten.»
Alice forschte im kleinen Kämmerchen und im weltweiten Netz. Und stieß vor gar nicht so langer Zeit auf Omar. «Sie war gar nicht enttäuscht, als sie merkte, dass Omar die gleiche Idee hatte wie sie. Sie hat ihm seitenweise Notizen über ihre Erfahrungen und Erkenntnisse weitergegeben.»
Also doch eine Heldin. Irgendwie fühle ich mich erschöpft, merke plötzlich, wie mir Tränen übers Gesicht laufen. «Ich weiß wirklich nicht, warum ich jetzt heulen muss», sage ich zu Tom. «Aber ich weiß es.»

*

Tom zupft an meinen Haaren herum und lächelt. «Du hast wohl nicht damit gerechnet, dass ich das Rätsel so schnell lösen kann?»
Alles geht mir zu schnell. Jedes einzelne Wort, das ich sage, das irgendjemand sagt. Zu schnell, viel zu schnell. Aus der potenziellen Meuchelmörderin wird eine Heldin, die ihr Lebenswerk nicht vollendet, weil ein anderer auftaucht, was ihr überhaupt nichts ausmacht, aber mir schon, irgendwie, aber warum mir, warum nur? Natürlich wusste ich, dass sie keine lebenden Menschen aufschlitzt. Dass die Schweinedärme nicht ihre Bestimmung waren. Aber jetzt, jetzt kann ich nicht aufhören zu heulen, und Tom zupft an meinen Haaren herum, statt mich in seine Arme zu nehmen.
«Du bist traurig, weil das Rätsel gelöst ist, Pia. Und weil du meinst, Alice deshalb wieder ein Stück zu verlieren.» Ich schweige.
«Ich will übrigens nicht mit dir schlafen», sagt er, als ich zitterig eine Haarsträhne aus seiner Hand löse.
«Was bleibt mir jetzt noch zu tun? Ich meine, außer das riesige Haus und den Garten irgendwie zusammenzuhalten?», frage ich Tom.

«Wenig Arbeit ist das nicht. Ich kann dir dabei helfen, Pia.» Und wieder dieses Lächeln. «Allerdings habe ich bald nicht mehr so viel Zeit.»
Ich versuche meine Enttäuschung gar nicht erst zu verbergen. «Jetzt weiß ich, woher dieses Lächeln kommt. Neue Freundin?», frage ich und es hört sich abfälliger an als gewollt.

«Nein. Ich werde Medizin studieren.»

*

Alice und ich haben noch einige Flaschen Wein übrig gelassen. Für heute, wie mir grad klar wird.

«Du willst wirklich Medizin studieren?»
«Naja, ich habe anscheinend Blut geleckt», sagt Tom.
Also stoßen wir an. Auf die Medizin.

«Und dann schreibst du einfach ein zusätzliches ‚Doktor' auf deine karge Visitenkarte?»
«Genau. ‚Dr. Tom'. Und meine Telefonnummer. Mehr braucht es ja nicht.»
Wir stoßen an. Auf Toms neue Visitenkarte.

«Es sollte Spielkonsolen geben, mit denen man schwierige Operationen üben kann. Stell dir vor, jeder könnte kurz mal lernen, wie man Herzklappen operiert. Nicht alle wollen im Wohnzimmer nur Tennis spielen. Operieren für jedermann. Sollte doch möglich sein.»
«Tolle Idee.»
«Leider nicht von mir. Ein Freund hatte sie.»
«Ist er Chirurg?», frage ich.
«Nein, Sam verkauft selbst gemachte getrocknete Apfelschnitze auf dem Marktplatz. Die sind der Hammer.»
Wir stoßen an. Auf getrocknete Apfelschnitze.

«Warte», sage ich. Ich gehe hinauf in mein Zimmer. Dort liegt auf dem Fenstersims das große dunkelblaue Buch meiner liebsten Ärztin. Beinahe schicke ich einen pathetischen Blick zum Himmel, um Alice zu fragen, ob mein Vorhaben richtig ist, kann mich aber gerade noch zurückhalten. Ich trage das große dunkelblaue Buch feierlich in den Weinkeller.
«Hier ist ein Geschenk für dich. Von Alice. Wenn ich mich recht erinnere, hat sie gesagt, dass du es mindestens zehn Mal lesen musst, bevor du deinen ersten Patienten anfassen darfst.»
«Zehn Mal», sagt Tom und nickt feierlich. «Ich glaube allerdings, heute fassen Ärzte ihre Patienten nicht mehr an.»
Wir stoßen an. Auf Alice.

«Sag mal, Tom. Ist dieser Omar, den du erwähnt hast, ist der eher klein und dünn? Und hat er einen Bart? Ein kleines rotes Ziegenbärtchen?»

Brunch

Ich habe zugestimmt, ins große Haus auf dem Hügel zu fahren. Zum Brunchen.
Toms Mutter, zweiter Versuch.

«Sie sind also Tatortreinigerin?», sagt sie.
«Nein», antworte ich.
«Also ich stelle mir das furchtbar vor mit all dem Blut und diesen Körperflüssigkeiten. Und der Geruch. Sicher unmenschlich, nicht wahr?»
«Können Sie mir mal die Butter rüberreichen?»
«Sicher gibt es Ungeziefer. Furchtbar, und die armen Toten. Heißt das nicht Supervisor? Haben Sie einen Supervisor? Das kann man ja nicht einfach so wegstecken. Also ich habe mal was gesehen über Tatortreiniger, sehr interessant. Sind Sie deshalb so bleich?»
Sie beißt in ein trockenes Croissant, ein paar Krümel bleiben an

ihren rot geschminkten Lippen hängen. «Stimmt es, dass der Leichengeruch in jede Ritze zieht und man den nie mehr rauskriegt? Was machen Sie denn dagegen?»
«Gibt es noch Prosecco?», frage ich.
«Also ich bewundere Leute wie Sie. Ich könnte das nicht, mir geht so etwas zu nahe. Ich hatte eine Mutter, die im Alter gepflegt werden musste. Sie wissen schon. Ich habe es nicht über mich gebracht, es zu tun. Nur schon die Vorstellung. Ich musste akzeptieren lernen, dass ich zu den zartbesaiteten Menschen gehöre.» Sie nimmt einen Schluck Kaffee. «Was ist denn das Ekligste, was Sie je machen mussten?»
«Brunchen.»

Neele

Heute ist ein Brief gekommen. Adressiert an eine Neele Zylstra in den Niederlanden. «*Retour afzender*» steht auf dem zerknitterten Umschlag. «*adres onbekend*».

Alice hat den Brief abgeschickt. An eine Neele. Ich zögere einen Moment, weiß aber schon, dass ich ihn gleich öffnen werde.

«Liebe Neele
Das ist er jetzt, der Brief, den du nie bekommen wolltest. Ich gehe.
Die Angst lasse ich hier.
Du sagtest oft, ich würde alleine sterben, wenn ich so weitermachen würde. Doch ich bin nicht allein. Pia ist hier. Sie hat die Gelassenheit, die mir mein ganzes Leben lang fehlte. Sie weiß es aber nicht. Jetzt sitzt sie vor mir und wartet auf ein Zeichen von mir, während ich Abschied nehme – von dir, vom Leben, von ihr.
Ich werde jeden Tag ruhiger, Neele. Bald bin ich ganz still.
Deine Alice»

Das war kein Brief an dich, Neele. Der Brief ist für mich.

Paul

Ich fahre heute von meiner kleinen in die große Stadt. Ich möchte Paul überraschen. Wie er es immer mit mir macht. Häuser, Häuser, Häuser, Bäume, Autos, Autos, Autos. Mir wird schwindlig, während ich alles und überhaupt nichts sehe. «Im Oberdeck dieses Wagens bedient Sie jetzt die Minibar.» Ich müsste aufstehen. Hinaufgehen. Jetzt. Ich bin meiner einlullenden Mattheit ausgeliefert, sehe Welt und Leben an mir vorbeirasen, Häuser, Bäume, Autos, Häuser, Straßen, Autos, Häuser, Menschen. Menschen. Und blitzartig springe ich doch auf, eile hastig die Stufen nach oben, kann den Mann mit dem Rollwagen gerade noch am Ärmel zupfen, bevor er meinen Wagen verlässt, bestelle, außer Atem, dankbar, dass er mein Schnaufen freundlichst ignoriert, und fast bin ich froh, dass etwas heißer Kaffee auf meine Hand schwappt und ich kurz laut aufschreien muss.

*

Damals, als ich in die große Stadt kam, um Henry zu suchen, spuckte dieser eine Mann hasserfüllt vor mir auf den Boden. Immer wenn ich hier aus dem Zug steige, blicke ich mich nach ihm um und weiß nicht, warum ich enttäuscht bin, dass der Mann nicht mehr da ist.

Ich steige in den Bus und wieder eine Station früher aus, um die Villen nicht zu verpassen.
Die Villen. Dicht an dicht stehen sie herausgeputzt nebeneinander gedrängt. Für mich kein Durchkommen, kein Durchblick, doch zu wissen, dass der See da ist, reicht mir vollkommen. Rechts die Treppen hoch, links an der Privatschule vorbei.
Die Haustür zu Henrys Mehrfamilienhaus steht offen. Drinnen hängt ein alter Mann ein weißes Blatt ans Schwarze Brett. Als er sich umdreht, sehe ich, dass es der alte Mann ist, den ich damals

für Henry gehalten habe. Wir grüßen uns, er zieht die Haustür hinter sich zu, und wohl bloß, weil er mir dieses Lächeln geschenkt hat, werfe ich einen Blick auf das Schwarze Brett.
Es ist mit hunderten winzigen Löchern übersät.
Der Mitteilungsdrang der Menschen ist größer als sie selbst.

Zwei Blätter sind eingeschweißt in durchsichtige Klarsichtfolie: Die Waschküchenordnung. Und eine Karte mit eingezeichnetem Luftschutzbunker, anzusteuern bei passendem Sirenenalarm.

Zwischen dem gelben Monatsprogramm des Buchclubs und dem Abfuhrplan auf Umweltschutzpapier hängen zwei Todesanzeigen.

Die Todesanzeige von Dr. Henry Munchenberger.
Und die Todesanzeige von Paul Munchenberger, Henrys Sohn.

Heute soll die Trauerfeier für Paul stattfinden.
Pauls Trauerfeier. Pauls Trauerfeier. Eine Trauerfeier für Paul.
Ich bekomme keine Luft mehr.

*

Das Taxi spuckt mich vor der Kirche aus, ich stolpere wie von Sinnen die Stufen hinauf, schaffe es kaum, die riesige Kirchentür aufzustemmen. Wie betäubt setze ich mich in die hinterste Reihe.
Pauls Trauerfeier. Pauls Trauerfeier.
Die kleine, dunkle Kirche ist besetzt bis auf den letzten Platz, die Orgel spielt leise ein klassisches Stück.
Es gibt Menschen, die können nicht flüstern. Sie können es nicht, auch wenn sie es wollten. Neben mir unterhalten sich zwei Männer, einer mit langen Haaren, ein Typ Jesus, und einer mit einer Glatze.
«Paul hat gesagt, ich bekomme sein Waffeleisen», sagt Typ Jesus neben mir.

«Ach, schneid dir erst mal die Haare. Das nächste Mal bring ich ne Schere mit.»
«Hör schon auf, Skinny.»
«Nein, echt. Paul hätte dich gerne mal kurzhaarig gesehen.»
«Was hat das mit dem Waffeleisen zu tun?»
«Komm mir nicht nochmal mit diesem blöden Waffeleisen. Ist das eigentlich Debussy?»
«Nein, Niccolo Jommelli. Sag, hast du was gegen Waffeleisen?»
«Ich habe was gegen deine langen Haare.»
Ich muss sie mit offenem Mund angestarrt haben, sonst würde mich Typ Jesus jetzt nicht aufmunternd anschauen und mir eine Packung Gummibärchen unter die Nase halten. «Du kannst ruhig zwei nehmen», sagt er, während ich aus den Augenwinkeln einen Mann im schwarzen Anzug sehe, der in den vorderen Reihen von Bank zu Bank geht und Hände schüttelt. Es scheint, als würde dieser Pfarrer Scherze machen, denn es wird verhalten gelacht in den ersten Reihen. «Willst du nun ein Gummibärchen oder nicht?», fragt Typ Jesus mich, als der Mann im Anzug bei unserer Bankreihe angekommen ist und sich zu uns umdreht.

Es ist Paul.

*

Ich starre Paul entgeistert an, und merke, dass Typ Jesus und Skinny mich ihrerseits entgeistert anstarren.
«Pia, was machst du denn hier? Ich wusste nicht, ob du an meine Beerdigung kommen möchtest ... aber wie auch immer, schön, dass du hier bist.»
Ich sage gar nichts.
Als sich Paul zu mir beugt und mich umarmen will, scheuere ich ihm eine.

«Frohsinn» heißt das Restaurant gegenüber der Kirche.
Die beiden Kellner mittleren Alters halten ihre Köpfe schon seit Jahren diskret gesenkt. Ohne den Trauergästen in die Augen zu blicken, servieren sie flache Schweineschulter. Fast muss ich lächeln. Geht also doch, denke ich. Schüfeli an Beerdigungen.

«Und? Hast du dich erholt?» Paul beugt sich über den Tisch zu mir, schnappt sich eine kleine Kartoffel aus meinem Teller und schiebt sie sich in den Mund. Ich hoffe, dass die Kartoffel sehr heiß ist. Paul kaut, während er mich nachdenklich beobachtet. Er zeigt auf seine Wange. «Also ich spüre deine Ohrfeige noch.»
«Das hoffe ich doch.»
«Mädchen, woher sollte ich wissen, dass du gerne kommen würdest. Ich meine, was machst du eigentlich hier?»
«Ich stelle fest, dass du mich an deiner Beerdigung nicht sehen willst.»
Wir schweigen.
Mein Kopf schüttelt sich, schon fast von allein. «Hast du nicht mal zu mir gesagt, dass ich schräg bin?»
«Na ja, deine Essensgewohnheiten sind schon ...»
«Paul, ich bin an deiner Beerdigung!»
«Wärst du nicht gern an deiner eigenen Beerdigung?»
«Werde ich sein, zweifelsfrei.»
Der langhaarige Typ Jesus tritt neben Paul und boxt ihn in den Oberarm. «Also ich liebe Pauls Beerdigungen», sagt er, beugt sich über den Tisch und fischt sich ebenfalls eine Kartoffel aus meinem Teller. «Man isst immer lecker, wenn Paul stirbt.»
«Endlich kriegst du mal was Richtiges», sagt Paul, «Greif zu! Das Fleisch ist sicher schon kalt.»
«Das ist an Beerdigungen halt so», sagt Typ Jesus und beginnt wie irre zu lachen.
Ich schiebe meinen Teller in die Mitte des Tisches. Und ärgere mich bald, dass Typ Jesus so ein verdammt ansteckendes Lachen hat.

*

Eine halbe Stunde später sitzen Typ Jesus und Skinny an meinem Tisch. «Schade, hast du letztes Jahr verpasst», meint Typ Jesus zu mir.
«Oh Gott ja», sagt Skinny. «Wir hatten eine Mottoparty.»
Die beiden grinsen und nicken. Das machen sie lange und ausgiebig. «Und? Was war das Thema?», frage ich, nachdem keinem einfällt, mit Nicken und Grinsen aufzuhören.
«Back to the future», sagt Typ Jesus.
«Quatsch, das war vor zwei Jahren. Letztes Mal hatten wir die 80er-Jahre-Party!» Skinny tippt sich an den Kopf. «Ich habe noch viel neonfarbenes Zeug in meinem Schrank. Letzte Woche hab ich die pinken Handschuhe zur Arbeit angezogen. Gehört verboten dieses Neon. War mir aber danach. Wenn mans im Schrank hat, passiert sowas eben.»
«Nee, vorletztes Jahr hatten wir die Cover-Band von Grateful Dead», sagt Typ Jesus. «Back to the Future war früher.» Typ Jesus schüttelt den Kopf, «aber, ich verstehs immer noch nicht. Zurück in die Zukunft? Das ist doch dann die Vergangenheit, oder nicht?»
Ich stehe auf. «Eine rauchen», sage ich. Am Ausgang tritt mir ein großer hagerer Mann entgegen. Wie die anderen Kellner die Augen fest auf den Boden gerichtet, ergreift er meine Hand dennoch zielsicher. «Würmli mein Name, ich hoffe, es hat Ihnen gemundet und ich darf Sie wieder einmal bei uns begrüßen.»
«Sicher», sage ich und drehe mich noch einmal um, als ich durch die Tür trete. «Würmli? Sie heißen wirklich Würmli?»

*

Paul steht rauchend auf der Treppe zur Straße.
«Nette Freunde hast du», sage ich.
Er streckt mir sein Päckchen entgegen, ich winke ab. «Ich rauche nicht. Ich brauche nur manchmal eine Zigarettenpause.»
Paul grinst.
«Also warum das Ganze?», frage ich.

«Macht Spaß.»
«Und im Ernst?»
«Das muss ich doch nicht erklären.»
«Also nur, weil du gerne an deiner eigenen Beerdigung dabei sein möchtest.»
«Was spricht dagegen?»
«Na, du bist nicht tot? Was hat eine Grateful-Dead-Cover-Band mit dir zu tun?»
«Der Tod artet halt manchmal aus.»
«Das Leben artet aus, das Sterben manchmal, aber der Tod ist still und leise.»
«Also ich finds ziemlich amüsant. Schon seit Jahren. Heute waren fast alle da.»
«Und wie willst du abdanken, wenn es mal ernst wird?»
«Keine Ahnung. Aber nächstes Jahr sterbe ich zum ersten Mal im Oktober. Bin ich noch nie. Vielleicht gibt's eine Art Erntedankfest mit Kürbissuppe und Apfelsaft. Du bist eingeladen. Ich kann für dich auch ein Päckchen Chips auftreiben.»
«Paul!»
«Einmal möchte ich als Buddhist sterben. Und einmal als Moslem und als Jude. Ich will ausprobieren, wie sich das anfühlt.»
«Wie soll sich das anders anfühlen?»
«Na, das weiß ich eben nicht.»
«Aha. Und Henry? Was hat er zu deiner morbiden Freizeitgestaltung gesagt?»
Paul schweigt. Mit seiner Schuhspitze zerdrückt er die Zigarette und zündet sich eine neue an. «Ich habe Henry nie eingeladen. Zu keiner meiner Beerdigungen. Dieses Jahr war ich nah dran, wirklich, ich wollte ihm eine Anzeige schicken. Aber seine kam uns dazwischen.»

V

Schnee

Dicke Schneeflocken tanzen fröhlich ihr kurzes Leben, ruhen sich auf den Gräbern des Stadtfriedhofs aus. Der weiße Flaum überzieht die Wiese und die kleine Palme, die den Winter ebenso gelassen empfängt wie die Schneeflocken ihrem Tod entgegentanzen.

Ich kann es heute sagen. *Mein* Haus. Alices' Haus ist heute mein Haus.

Obwohl Alices toter Mann, der nie tot war, gerade heute ein Schild mit seinem Namen an meinem Briefkasten angebracht hat.
Immerhin hängt mein Name noch über seinem.
Aber ganz oben, da steht:

Abadre, A.

Ich werde Alices Schild hängen lassen.
Vielleicht gibt es noch mehr Neeles, die wegziehen, ohne sich abzumelden.
Aber nicht nur deshalb.

Paul

Pauls verrückte Freunde, die nach und nach zu meinen werden.
Pauls verrückte Eigenbeerdigungen.
Pauls verrückte Freundin.

«Ich putze gern für Tote, Paul.»
«Aber?»

«Lass uns Beerdigungen organisieren. Für alle Toten, die noch leben.»

Erst sieht Paul mich irritiert an, dann begreift er. Er ist nicht der einzige, der selber Abschied von seinen Freunden nehmen möchte.

Estelle

Estelle. Todesursache noch unbekannt.

Paul und ich organisieren Beerdigungen von Lebenden. Estelle war unsere erste.
Zuhören, was über sie gesagt wird. Lieblingsmusik abspielen. Tanzen. Fast alle wollen noch einmal tanzen. Ihren Körper spüren, bevor sie ihn zurückgeben müssen.
Immer wieder feiern wir die Auferstehung der Lebenden.
Manche unserer Toten sind krank, die meisten aber sind für Außenstehende erschreckend lebendig. Aber umgekehrt, sagt Paul dann zu Kritikern, umgekehrt ist es doch auch nicht besser. Das Lächeln, das er ihnen dabei schenkt, ist ein taufrisches, von dem ich trinken könnte.

Typ Jesus und Skinny

Typ Jesus und Skinny stehen vor der Tür. Sie kommen regelmäßig zum Weintrinken vorbei. Paul muss sich dafür auch nicht extra beerdigen lassen.
«Darf ich dich Skinny-the-Pooh nennen?», frage ich Skinny, weil er auch ohne die Existenz eines einzigen Haars wie ein freundlicher kleiner Bär daherkommt.
«Das geht in Ordnung», antwortet Typ Jesus großzügig. Bevor Skinny-the-Pooh überhaupt etwas sagen kann.
«Wie hab ich es ohne euch nur so lange ausgehalten», sage ich.
Ich weiß es wirklich nicht.

Oliver

Ich habe Oliver gesehen letzte Woche. Wieder in der Bar. Er sitzt in der Ecke, trinkt Kaffee. Er hat Gel in seiner Haartolle, die keck nach oben zeigt.
Als ich ihn umarmen will, lässt er es zwar geschehen, schiebt mich dann etwas zu schnell von sich weg.
«Wir sind wieder zusammen», sagt er und wird rot. Er und seine Frau.
«Na, das ist doch gut», sage ich.

Tom

Tom kommt vorbei. Wenn er nicht an der Uni ist. Oder im Schlachthaus.
Er ist so wunderbar jung.
«Weißt du was?», frage ich ihn. «Deine Nase ist gar nicht so schön, wie ich früher einmal dachte.»
«Kein Problem», sagt Tom.
Er beginnt oft, gedankenlos an meinen Haaren und Ohrläppchen zu zupfen. «Darf ich dir auch etwas sagen, Pia?», fragt er jetzt.
Sachte befreie ich eine meiner Haarsträhnen aus seinen Fingern.
«Ja?», frage ich.
«Du hast ohne Zweifel die süßesten Weibsohren, die je durch die Weltgeschichte transportiert wurden.»

Anwalt

Alices Mann möchte in der Stadt leben, sagt er. Aber ich vermute, er will in Alices Nähe sein. Und in meiner. Er überlegt sich, ob er auch einmal seine Beerdigung erleben soll. Wir haben schon Abende lang darüber diskutiert. «Trotzdem habe ich noch keinen Heller an dir verdient», werfe ich ihm von Zeit zu Zeit vor und wir lachen.

Erst gestern habe ich ihm eine Motto-Party Roter Strickpullover vorgeschlagen. «Alle erscheinen in den gleichen roten Schlabberpullis wie du sie immer trägst. Was hältst du davon?»
Er will es sich überlegen.

Salt

Manchmal setze ich Salt auf Alices Bürostuhl. Und drehe ihn ganz langsam einmal um seine Achse. Ich möchte, dass auch mein kleiner Zwergbartagame das Leben auf unterschiedliche Weise betrachten kann.
Danach setze ich ihn wieder in seine Komfortzone, zurück unter seine helle Wärmelampe.

Isabelle

«Du fragst gar nicht mehr, Isabelle.»
«Was denn?»
«Na, ob ich meine Hände gewaschen habe.»
Isabelle ist immer noch meine Freundin. Sie war es auch, als sie es nicht war.
Ihr Mann hat kaum etwas gesagt, als sie kürzlich zum Essen bei uns waren. Er hat nur in sich hineingelächelt. Als trüge er ein Geheimnis in sich. Aber ich weiß, dass Isabelle die mit dem süßen Geheimnis ist. Ich freue mich für sie, aber ich fange jetzt nicht an, kleine Söckchen für sie zu stricken.

Jeder hat Geheimnisse. Manche sind süß. Manche bitter. Und aus einigen werden Operationsübungsvorlagen.

Paul

Paul, immer wieder Paul.
Gestern fand ich ihn unter der Wärmelampe.
Salt stand regungslos auf seiner Brust.
Ich habe mich zu ihnen gelegt.

Alice

Ach Alice, was für eine Verschwendung. Dass du nicht mehr bist.

Gestern träume ich, endlich wieder einmal, von Alice. Und von Leichenkäfern. Tausende, wirklich Abertausende heben kokett ihre Füßchen an, tanzen wild und immer wilder, immer zu zweit auf Alices Grab herum, und Alice lehnt sich an ihren Grabstein und blickt lächelnd auf die Leichenkäfer hinab.
«Sag, Pia», meint sie, «könnte das nicht die Polka der sieben Kriegswitwen sein?»

Ein besonderer Dank geht an

Oscar, der im Schlachthaus nach Lösungen suchte, fündig wurde und mir auf sehr nette Art davon erzählte;

Rudolf, auf dessen sprachliches Feingefühl und kluge Anmerkungen ich mich verlassen konnte;

Mummy und Traktor.